SÉRIE
diálogo

Stella Carr

Estranhas luzes no bosque

Ilustrações de
Noemi de Carvalho

editora scipione

Gerência editorial
Sâmia Rios
Edição
Cristina Carletti
Assistência editorial
Andréa Cozzolino
Preparação
Oswaldo Cogo Filho
Revisão
Eloiza Helena Rodrigues,
Regina de Lourdes dos Santos
e Nair Hitomi Kayo
Coordenação de arte
Maria do Céu Pires Passuello
Diagramação
Fábio Cavalcante

editora scipione

Avenida das Nações Unidas, 7221
Pinheiros – São Paulo – SP – CEP 05425-902

ATENDIMENTO AO CLIENTE
Tel.: 4003-3061

www.coletivoleitor.com.br
atendimento@aticascipione.com.br

2024
ISBN 978-85-262-4426-9 – AL
CL: 733868
CAE: 225832
Cód. da OP: 248632

2.ª EDIÇÃO
15.ª impressão

Impressão e acabamento
Forma Certa Gráfica Digital

O livro de Franklin Cascaes citado nos capítulos 6 e 8 é *O fantástico na Ilha de Santa Catarina*, Ed. da Universidade Federal de Santa Catarina, Santa Catarina, 1989.

Dados Internacionais de Catalogação na Publicação (CIP)
(Câmara Brasileira do Livro, SP, Brasil)

Carr, Stella, 1932-2008.

Estranhas luzes no bosque / Stella Carr. – São Paulo: Scipione, 1999. (Série Diálogo)

1. Literatura infantojuvenil I. Título. II. Série.

97-2678 CDD-028.5

Índices para catálogo sistemático:
1. Literatura infantojuvenil 028.5
2. Literatura juvenil 028.5

SUMÁRIO

Reste

Parte 1

O terceiro olho

I

No meio do barulho infernal dos jatos, Marco notou que a voz de Isabel soava aguda e irregular.

– Você grita fininho e desafinado, sabia?

Eloís explodiu na risada, Isabel se arrepiou araríssima, caindo na armadilha da provocação.

– Como é mesmo o nome daquela ave que pia aos gritinhos, Bel? Você, que conhece passarinhos: é gralha? Não, gralha pia grosso. É... cracatua? – Marco cutucou.

– Vocês hoje estão uns chatos – se queixou a irmã.

– É emoção, Bel. A gente não vê a Tuti desde Petrópolis!

– Olhem, é o avião dela que está chegando! Vamos descer e esperar no portão de desembarque – propôs Eloís.

Embaixo, no saguão, Isabel ainda recomendou:

– E nada de falar sobre "os dons" da Tuti, entendido? Ela não gosta que a gente fique comentando.

– Ah, irmãzinha, qual é? Foi o "terceiro olho" dela que salvou a minha vidinha naquele caso do Museu Imperial, lembra?

– Não fique com gozação, Marco, vai deixar a coitada inibida. Já deve estar desacostumada com vocês. Esperem até quebrar o gelo, tá? – implorou Isabel.

– É isso aí; segurem suas línguas, suas pestes! – traduziu Eloís.

– Vocês não tomam jeito? Olha aí dois rapazes de 15 e 16 anos, somando dá 31, e se portam como dois moleques!

– É alegria embutida, mana. Tem que sair por algum lugar, de algum modo – respondeu Marco, que tinha que ficar com a última palavra.

Foi então que viram Tuti, correndo na direção deles, de braços abertos.

– Gente, eu estou doidinha de saudades. Vocês estão ótimos! Eloís, você está um gato!

– E eu? – perguntou Marco, se esticando todo.

– Um gambá – provocou o irmão.

Pra consolar, Tuti abraçou o caçula e deu um caloroso beijo nas bochechas do rapaz.

– Viu, ela não tem preconceito quanto à espécie de animal – se gabou Marco, mostrando um riso de dentadura total.

Os quatro foram se dirigindo para o estacionamento onde Isabel tinha parado o carro. As duas moças iam na frente, falando ao mesmo tempo, transbordando de novidades. Os dois irmãos atrás. Marco cochichou:

– Já degelou, acho que vou perguntar *onde* foi parar a revista de turismo com o mapa rodoviário da excursão, que Isabel "enfiou no nariz".

– É mesmo, já procuramos pela casa toda! Onde pode estar?

Isabel deu a partida e entraram na avenida movimentada.

– Você se importa de guiar na estrada, Tuti? Os meninos ainda não têm carta e até Santa Catarina é muito tempo para uma pessoa só, mesmo parando em Curitiba.

– Eu adoro guiar, Bel – respondeu a moça. – Vai ser uma curtição essa viagem, nós quatro! Mas, em todo caso, seria bom que vocês me deixassem dar uma olhada nessa revista de turismo que está aqui debaixo do meu banco. Há um mapa bem detalhado nela e eu já vou me familiarizando com o trajeto.

Eloís abriu uma boca de peixe fora d'água, Marco abaixou-se e pescou a revista do imprevisível esconderijo:

– Aqui esta ela; é toda sua, Tuti. Você merece!

A moça pegou a revista e começou a folhear.

Já estavam na Avenida Pacaembu, quando Tuti falou:

– Podem parar agora pra pôr o álcool, eu não me importo. E depois de tomar um banho, vou com você ao mercado, Isabel; não estou nem um pouquinho cansada, pode dispensar os meninos.

Daí Marco desabafou:

– Agora já é demais, Bel. Eu não aguento a Tuti lendo a cabeça da gente!

A recém-chegada caiu na risada:

– Desde o aeroporto vocês dois não pensam em outra coisa! E me olham como se eu tivesse um olho na testa. Não fico nada bonita com essa imagem – se queixou Tuti.

Marco ficou vermelho feito sinal de trânsito!

A moça se justificou:

– Sabem, tenho aprendido a controlar essa minha... qualidade. Mas com vocês é inevitável; os dois são transparentes!

A recém-chegada sorriu e baixou os olhos para a revista aberta em seu colo. Começou a folhear procurando a reportagem sobre os passeios ao Paraná e à Santa Catarina. De repente parou, seus olhos ficaram vidrados, meio opacos; a moça foi alisando a página com as pontas dos dedos.

Isabel, preocupada com o trânsito, não percebeu nada. Mas, do banco detrás, Eloís observou o perfil da amiga, o rosto estático, e ficou olhando a mão da Tuti percorrer o papel, como se estivesse "lendo pelos poros"! Ele já havia visto antes aquela expressão na fisionomia da moça.

"Ela está pressentindo alguma coisa", Eloís pensou.

Marco, sem desconfiar de nada, chamou Tuti. Ela pareceu acordar de um sonho, assustada:

– Aammmm? O que você disse? – Olhou para trás e seu rosto estava sombrio e mudado.

Os olhos do Eloís se cruzaram com os da Tuti; ela imediatamente fez um sinal disfarçado, com o dedo nos lábios. Eloís sentiu um aperto no peito: Tuti havia *captado* algo e ele não devia fazer comentários! O que seria?

E pelo resto do trajeto até em casa, Marco ficou falando sozinho, o que não o aborrecia nem um pouco!

II

Em casa, só à noite Eloís deu um jeito de prensar Tuti:

– O que foi que você *captou?* Alguma coisa ruim, é? Tem algo a ver com a nossa viagem, não tem?

– Tolice, Eloís. Não faz sentido, juro! Foram apenas sensações, visões malucas. Coisas sem nexo.

E Tuti conseguiu escapar, pois Isabel vinha chegando. Mas o rapaz ficou encucadíssimo!

– Todo mundo precisa dormir cedo, amanhã vamos sair junto com o sol, ou sem ele! – avisou a irmã. – Mas bem de manhãzinha! Até Curitiba são no mínimo seis horas.

Quando foi dizer boa-noite às moças, Eloís viu Tuti fazendo anotações na revista de turismo, que ela não tinha largado mais.

Logo Marco foi se deitar, Isabel também. Mas Tuti continuou no escritório.

– O que você está escrevendo aí? – perguntou Eloís.

Tuti olhou pra ele muito séria, nem parecia a mesma moça risonha que desembarcara à tarde do avião! Depois, respondeu:

– Você está mesmo cismado, não é? Quer saber mesmo o que eu *captei* àquela hora no carro? Bem, eu *ouvi* um choro de criança, que gritava pela mãe. Mas não foi tudo. Quando meus dedos desceram percorrendo o mapa, eu *vi* – a moça respirou fundo – figuras absurdas e apavorantes, monstros, meio gente e meio bichos.

– O que significa isso? – perguntou Eloís, aparvalhado.

– Não tenho a menor ideia! – foi a resposta.

Tuti se levantou, deu boa-noite pro rapaz com um beijo perfumado na testa e foi dormir.

Assim que ficou sozinho, Eloís notou a revista esquecida sobre a mesa e não resistiu à tentação; abriu na página do mapa. E então ele viu as partes assinaladas. Tuti havia marcado com um círculo alguns lugares de Florianópolis: PÂNTANO DO SUL, RIBEIRÃO DA ILHA, PONTA DA FEITICEIRA.

Mas foi a anotação feita ao lado que deixou Eloís cismado! Tuti não tinha dito tudo; havia algo mais, que ela escondera e a deixara preocupada – deduziu o rapaz.

A palavra escrita à margem da folha era... BRUXARIA!

Parte 2

Uma tragédia em Vila Velha

I

Isabel guiou pela autoestrada até a divisa do Paraná; Tuti pegou o volante assim que o sol esquentou e foram direto para Curitiba.

Já na cidade, pararam para almoçar num agradável restaurante do Passeio Público, de onde ficaram olhando os casais e as crianças andando de pedalinho no lago tranquilo.

– Nós vamos até Vila Velha, não é, Bel? – Marco perguntou ansioso.

Isabel comprara um *Guia do Sul* na banca de jornais e os quatro – as cabeças unidas – localizaram nas páginas do guia a intrigante formação rochosa, que durante muito tempo tinha sido confundida pelos bandeirantes com uma cidade em ruínas.

– Por aqui nós alcançaremos Vila Velha em pouco mais de uma hora, sem correr – Tuti apontou. – BR 376.

Todos concordaram e foi aí que aconteceu; o casal da mesa ao lado tinha um bebê com pouco mais de dois anos, uma graça de garota. O pai olhou para o guia nas mãos de Elóis e puxou conversa:

– Estou vendo que vocês vão para Vila Velha. Nós podemos seguir atrás de seu carro? Minha mulher também quer conhecer o lugar.

Isabel aceitou imediatamente; o casal era tão simpático! Tuti, porém, teve um sobressalto e falou, com ar preocupado:

– Vocês não acham que está muito calor, a essa hora, para a garotinha viajar?

– Que nada, ela vai bem, sentadinha atrás. Está acostumada a andar de carro – replicou o pai.

O casal era muito jovem e animado, Isabel gostou deles. Mas Tuti não conseguia se livrar da "sensação" de que algo ruim estava para acontecer logo mais, alguma coisa ligada ao passeio e que talvez fosse possível evitar. Elois percebeu a aflição da moça e sentiu um arrepio involuntário num lugar indefinido, que ele identificou como "a própria alma"!

Enquanto os outros combinavam, Tuti suspirou resignada. Ia dizer o quê – "Não levem sua filha nessa viagem, eu sinto que ela corre perigo, porque ouvi um choro de criança ontem, lá em São Paulo, a 500 quilômetros daqui, quando folheava as páginas de uma revista?"

Era o artigo de Vila Velha – agora Tuti estava certa – que desencadeara a sua "sensação"! Foi o contato de sua mão com a figura das estranhas rochas recortadas há 400 milhões de anos por ventos e geleiras que a fez *ouvir* o choro angustiado da criança, que gritava pela mãe e em seguida tivera a voz abafada por alguém ou por alguma coisa!

A intuição dizia à Tuti que devia afastar o casal com a menina do lugar suspeito. Mas... e se ela estivesse enganada? Confusa, a moça experimentou um instante de dúvida.

Minutos depois estavam os quatro no carro, Isabel guiando e o casal seguindo a *Quantum* com a menininha pulando no banco detrás. E não havia mais nada a fazer!

II

Um ônibus de turismo estava parado no estacionamento, com uns 20 passageiros que desciam ajeitando o cabelo e alisando as roupas, como pássaros sacudindo as penas depois da chuva.

Com embrulhos e mochilas, o bando se espalhou em grupos de dois ou três, seguindo na direção da gruta e das Pedras Suspensas, através do bosque, até o planalto de onde se avistava toda a região.

Sozinho, para lá e para cá, um homem louro e alto tirava fotos o tempo todo.

Pelo mesmo caminho seguiam Isabel e o casal, com Marco na frente fingindo correr atrás de Nina – a garotinha – e mostrando para ela as rochas recortadas em forma de bichos:

– Olha lá o camelo!

Nina repetia – *camelo* – e ria muito do som da palavra na própria voz.

– Aquele é o rinoceronte – apontou Marco, imitando uma fera e correndo atrás da menina, soltando roncos furiosos.

Nina fingiu estar com medo, deu gritinhos e escondeu o rosto, tentando repetir o nome difícil; se enrolou com a língua, todos riram e ela adorou ser o centro das atenções!

O homem louro bateu uma foto da brincadeira com a rocha-bicho ao fundo, uma cena que falava por si só.

Eloís notou os grupos de turistas que cruzavam com eles: a senhora idosa com a acompanhante de cara chateada, o casal de velhos que falava uma língua estrangeira, as três moças com jeito de secretárias em férias.

Quando voltavam para os carros, o grupo de Isabel cruzou com um homem gordo e cansado, que corria afobado dizendo ter perdido sua pasta com todos os documentos. O motorista do ônibus, um moço de barba, ajudava a procurar.

Foi um homem moreno, de olhos claros e rosto inteligente, quem afinal entregou a pasta de couro escura, que ele disse haver encontrado, para o turista aflito.

O gorducho agradeceu e o homem moreno se afastou rapidamente. O homem gordo, assim que ficou só, conferiu com ar preocupado a fechadura da pasta e respirou aliviado quando se certificou de que a tranca continuava intacta.

– Poxa, isso é que é medo de ser roubado! – exclamou Eloís.

Chegando ao estacionamento, Nina se agarrou em Marco, não deixando o rapaz entrar na *Quantum*. Isabel propôs:

– Vamos voltar para a estrada e seguir até a região das Furnas e da Lagoa Dourada; dizem que são lugares lindíssimos!

A *Quantum* seguiu na frente, com o carro do casal logo atrás. Marco acabou indo nele, com Nina encarapitada no colo. O grupo seguiu na direção do Caldeirão do Inferno – poços gigantescos em buracos fundos cercados de árvores, de onde despencavam belíssimas quedas-d'água.

Os dois carros seguiam pela estrada, quando um auto de modelo antigo ultrapassou correndo como um louco, *fechou* Isabel e jogou a *Quantum* para fora da estrada!

A brecada foi violenta, só os cintos de segurança evitaram que as moças dessem com a cabeça no para-brisa. Eloís rodopiou e, jogado para a frente, deu com a boca na alavanca de câmbio e quase morreu de pavor quando sentiu o gosto quente do próprio sangue!

Nada de grave, foi só o susto e um milagre! Isabel tinha controlado o volante, evitando capotar.

– Que maluco! Quem estava guiando aquela *banheira*? – perguntou Eloís indignado, já sentindo o lábio inchar.

– A placa era de Santa Catarina – revelou Tuti.

– Você *viu?* – perguntou o rapaz empolgado.

– Não foi o meu "terceiro olho" – corrigiu a moça. – Eu apenas reconheci um dos carros que estavam parados no estacionamento onde estivemos há pouco. Era diferente dos outros, chamou minha atenção.

O ônibus de turismo passou, enquanto Isabel, no acostamento, não parava de tremer.

Do carro detrás, com Nina no colo, Marco assistiu assustado ao quase acidente da irmã. Décio e Vera – os pais da garota – pararam atrás da *Quantum*.

– Tudo bem aí? Alguém se machucou? Foi uma brecada e tanto – gritou Décio preocupado.

– Tudo legal – respondeu Eloís, apertando a boca com o lenço. – Não deu pra estragar o passeio.

Os dois carros voltaram para a estrada e seguiram pelo desvio de terra, rumo a Furnas e ao Caldeirão do Inferno.

III

O que aconteceu depois foi rápido e inacreditável.

Os dois carros haviam parado, todos desceram e Décio pegou Nina no colo; Vera e Marco conversavam animadamente.

– Marco encontrou alguém que gosta de papo – gozou Eloís.

Os dois irmãos riram, mas Tuti permaneceu séria. A "sensação" voltara! Uma estranha e urgente impressão de perigo assaltou a moça.

Vera e Marco, num papo animado, seguiram adiante de todos, enquanto Décio e a filha iam ficando pra trás.

De repente Tuti parou, olhando hipnotizada para um poço de águas profundas. Eloís e Isabel ficaram ali ao lado, observando o transe em que se fechou a amiga. Nesse tempo, eles perderam de vista o resto do grupo.

Foi num minuto apenas que a menina se desprendeu dos braços do pai e saiu correndo, na direção da mãe e de Marco. Décio ainda escutou a vozinha dela chamando o *oceonte* e imitando os roncos do bicho.

Foi nessa hora que Tuti saiu de seu transe, com um violento temor. Olhou em volta e viu apenas Isabel e Eloís.

– Onde está ela? Onde está a menina? – indagou a moça, aflita.

Eloís foi rápido em sua reação. Correu na direção das vozes de Marco e Vera. Os dois estavam sentados numa saliência da rocha, falando animadamente.

– Onde está a Nina? – perguntou o rapaz.

– Com o pai – respondeu Vera.

Décio apareceu logo depois, sozinho. Encarou a mulher, correu os olhos em volta. A pergunta ficou suspensa no ar.

A resposta veio de longe, com o impacto de um choque elétrico – um choro de criança e a vozinha conhecida num chamado angustiado:

– Mamãe! Maa... – E tudo parou de repente. Seguiu-se um silêncio fundo, oco; não se ouvia mais nada!

Todos correram pelas redondezas, tentando conter o pânico na procura exaustiva, que durou mais de uma hora.

Nina havia desaparecido! Em volta, o testemunho mudo e apavorante dos penhascos, dos poços e quedas-d'água, toda uma natureza bela e indiferente.

IV

Foi o motorista do ônibus – que já estava de partida com os passageiros a bordo – quem se incumbiu de chamar as autoridades locais.

Uma eternidade se passou até a chegada do Tenente Bernardes, com seu "Corpo de Emergência".

– Essas águas são profundas – avisou ele. – Se a menina não se perdeu por aí... bem, já se passou muito tempo.

Vera soluçava no ombro do marido. Décio, aturdido, não sabia mais o que fazer. Sentia um desespero fundo e inerte.

Já era noite fechada, quando ficou óbvio que não havia mais nada a fazer ali. Pelo menos até o dia seguinte, quando a equipe de mergulhadores do Tenente Bernardes ia tentar encontrar Nina, onde e como estivesse.

A volta a Curitiba, já com a estrada escura, foi feita num rígido silêncio, a *Quantum* seguida de perto, como se arrastasse o carro do casal.

No pequeno hotel da cidade, um médico deu sedativos à mãe da criança desaparecida. Ela dormiu imediatamente e o pai foi aconselhado a fazer o mesmo. O dia seguinte seria exaustivo e traumatizante!

Marco e Eloís foram se deitar, Isabel se recolheu com Tuti no quarto ao lado.

Foi no meio da noite que Tuti acordou com o pesadelo. Banhada de suor, ela se debatia e falava alto. Isabel acudiu aflita, tentou despertar a amiga; no seu sono agitado, Tuti repetia desesperada:

– Larguem a menina, larguem! Vocês não podem fazer isso!

Isabel sacudiu a moça, mas ela continuava, agora mais alto:

– Não, não façam isso! Pra onde vão levá-la?

Quando Isabel conseguiu despertar a amiga, Tuti não se lembrava de nada!

Parte 3

Revelações inesperadas

I

Marco e Elоís, assustados, entraram juntos no quarto das moças.

– O que foi, Bel? O que está acontecendo aqui?

– A Tuti teve um pesadelo – explicou a irmã. E Isabel repetiu as palavras da amiga. Eloís era o único que sabia das previsões da moça e indagou ansioso:

– Tuti, procure se lembrar; como era esse sonho? Quem estava nele?

Mais calma, aos poucos ela foi recordando. Então fez a revelação:

– Nina não morreu, eu *sei*! Ela foi raptada, alguém a levou de lá.

– Mas como, Tuti? De que jeito? – Isabel perguntou.

– Num carro. Eram duas pessoas! Agarraram a menina, taparam a boca pra que ela não gritasse mais e a levaram embora. Foi assim que aconteceu no sonho e *era real*, tenho certeza!

– Como eram essas pessoas, você se lembra da cara delas?

– Não, Marco. Foi tudo muito rápido. Mas o carro... era grande e antigo.

– O carro que nos jogou pra fora da estrada, podia ter sido ele? Era de Santa Catarina. Podemos investigar, saber a quem pertence. O Tenente Bernardes...

– Calma, Eloís. O Tenente Bernardes não vai engolir essa história de rapto, só por causa de um sonho; estamos lidando com algo muito delicado: os dons da Tuti – lembrou Isabel. – Vamos esperar pelas buscas de amanhã. Se os mergulhadores não acharem nada, então...

– Se foi mesmo rapto, eles devem pedir resgate – afirmou Marco.

– A quem? Os pais de Nina são duros, qualquer um vê isso. Não, se pegaram a garota não foi por dinheiro – deduziu Isabel.

– Por que foi, então, Bel? – Marco insistiu.

Um silêncio de cimento pesou sobre o quarto. Eloís o rompeu, e foi como se a frase explodisse, lançando estilhaços por todo o lado:

– Eles não pretendem devolver a garota, não é, Tuti? O que vão fazer com ela?

II

Durante o dia seguinte inteiro, desde a madrugada até o escurecer, os mergulhadores do Tenente Bernardes vasculharam os poços de água e toda a região ao redor do lugar onde Nina tinha desaparecido. Mas o corpo da menina não foi encontrado.

Porque o desespero de Vera era enorme – ela não podia se conformar –, Isabel e Eloís tiveram uma conversa confidencial com o casal.

Isabel falou sobre o sonho de Tuti, depois de contar as coisas estranhas que ela e os irmãos já haviam presenciado, sobre as previsões da amiga.

– Tudo depende de acreditar ou não nos dons da Tuti – completou.

– Eu aceito qualquer recurso que me dê esperanças de rever Nina viva – afirmou Vera. – Mas tudo vai depender da credibilidade do Tenente Bernardes...

– Olhem, a polícia detesta esse tipo de coisa e eu não pretendo me expor a bancar a charlatã que quer chamar atenção – avisou Tuti.

Nessa hora, a arrumadeira entrou silenciosa no quarto do casal. Era uma mulher baixa e atarracada, com cara redonda e sotaque aportuguesado.

– Alguém quer falar com o senhor lá embaixo, no saguão – ela disse, se dirigindo a Décio.

– Deu o nome, por acaso? – Décio perguntou.

– O senhor não o conhece, mas deveria falar com ele. Agora é a única pessoa que pode ajudar vocês – insistiu a mulher. E saiu discretamente do quarto, sem mais qualquer explicação.

Vera olhou suplicante para o marido, Décio não hesitou mais. Foi à procura do desconhecido, agarrando-se àquela duvidosa esperança.

A pessoa do saguão estava de costas quando o pai de Nina se aproximou. Lentamente foi se virando e Décio viu diante dele um tipo moreno, de olhos claros, que não lhe era estranho. O rapaz perguntou:

– O senhor não estava ontem...

– Sim, eu fazia parte da excursão. E não foi por acaso! Sou o investigador Amaro, agente da Polícia Federal – apresentou-se o outro.

– Investigador? Então o senhor está sabendo...

– Do desaparecimento da menina? Infelizmente não tivemos tempo de evitar. Sabíamos que ia acontecer, mas não tínhamos a mínima ideia de como, nem quando, nem com quem; até aquela hora!

Décio escutava hipnotizado o que o homem à sua frente dizia:

– Naquele ônibus viajava um homem gordo com uma pasta. O motorista era um dos nossos agentes e "providenciou" para que ela fosse perdida. Temos métodos para examinar objetos trancados sem deixar marcas nas fechaduras, e eu tive tempo suficiente para isso. É claro que não fazemos as coisas assim sem uma forte razão – justificou-se Amaro.

– Posso saber o que esse fato tem a ver com o desaparecimento de minha filha?

– Talvez tudo, se considerarmos o que continha a pasta. Aquele homem é o único ponto de ligação que nós temos no momento com uma quadrilha que rapta e some com crianças pequenas, num método muito parecido com o de sua garotinha.

– O senhor quer dizer que Nina... pode estar viva?

– O seu bebê não foi o único a desaparecer desse modo. Houve vários casos de acidentes parecidos, ultimamente. Todos com os mesmos padrões: as crianças foram dadas como mortas e seus corpos jamais encontrados. Todas eram turistas de passagem, com famílias hospedadas em hotéis!

– E quanto à polícia? – perguntou Décio.

– Já deu os casos por encerrados, agora deve ficar fora disso. E a imprensa também! Ainda não temos dados nem provas suficientes e, quanto menos gente souber das nossas suspeitas, mais chance há de pegarmos a quadrilha.

– E por que está me contando tudo isso agora? – perguntou Décio.

– Preciso de sua cooperação. Prefiro contar com a ajuda de pessoas que desejam realmente que essas crianças sejam encontradas pelos meios mais rápidos possíveis; isso é essencial. Os métodos legais são lentos e rumorosos!

– O senhor falou no conteúdo da pasta. O que descobriram?

– Que esses raptos não são para resgate – explicou Amaro.

– O que eles querem, então?

– Aquela pasta continha certidões de nascimento e várias licenças prontas para adoção. É isso que eles pretendem! Essas crianças são vendidas a peso de ouro para serem adotadas, de preferência, fora do país.

– Pode contar com a gente, investigador. O que exatamente vocês querem de nós?

III

– Minha filhinha! Isso não pode estar acontecendo! – Vera repetia soluçando. – Com tanta criança abandonada por aí...

– Há leis rigorosas regulando a adoção, Vera. Além disso, as pessoas têm preconceitos quanto à cor e aos antecedentes da criança – explicou pacientemente Isabel.

Marco desabafou:

– Há milhares de bebês subnutridos por aí, jogados. Mas esses, ninguém aceita!

– O que o investigador Amaro quer da gente? – perguntou Vera, pronta para o que desse e viesse!

Parte 4

Na pista dos desaparecidos

I

— As primeiras pistas nós devemos à Felícia, aquela mulher que vocês conheceram como arrumadeira do hotel – começou a explicar o investigador Amaro ao grupo reunido na saleta do café, deserta àquela hora.

– Felícia, descendente de colonos açoiranos, se empregou como babá para uma família de turistas, dois meses atrás. Toda manhã levava as crianças à praia, diante do hotel onde estavam hospedados. Certo dia um homem se aproximou e puxou conversa. Era um hóspede, ela já o havia visto por ali. Os dois ferraram na prosa, Felícia se distraiu. Foi então que aconteceu – revelou o investigador. – Uma das crianças, o menorzinho, se afastou do grupo, empurrando um carrinho de brinquedo. Entretida com o hóspede, a mulher não notou logo. Foi o próprio homem quem deu o alarme e saiu correndo atrás do pequeno, enquanto a babá ficava ali, olhando as outras crianças. Felícia esperou um bom tempo, mas nenhum dos dois voltou.

Amaro prosseguiu:

– Horas depois, o carrinho que o garoto levava foi encontrado estraçalhado entre as pedras, lá embaixo, na beira d'água. Da criança, nem sinal!

– E o tal homem? – perguntou Décio.

– Tinha fechado a conta e deixado o hotel horas antes do acontecimento. Ninguém havia visto nada. Era a palavra de Felícia contra os fatos!

– E as investigações? Deram em nada? – indagou Marco.

– A criança foi dada como morta em acidente de queda e afogamento. Mas a babá insistiu em sua versão, jurando que podia reconhecer o homem.

– E por que vocês acreditaram nela? – perguntou Vera.

– Porque enquanto o inquérito se arrastava, em outra cidade, um fato muito semelhante se repetia. Uma criança desaparecia do *playground* de um outro hotel e só seus sapatinhos foram encontrados na praia, molhados e encharcados de areia. Do corpo, nem sombra! Havia outro ponto de ligação entre os dois casos: um homem gordo abandonara o local, horas antes. Correspondia à descrição de Felícia e o nome, assim como os dados que fornecera para a ficha de registro do hotel, eram falsos. O padrão começou a se repetir. Embora com aparências diferentes, sempre que algum homem sozinho, com a mesma estatura, se hospedava num hotel, dois ou três dias depois, uma tragédia semelhante acontecia. E ele sempre havia abandonado o lugar horas antes! – revelou Amaro. – Em todos os casos, nunca havia pedidos de resgate e as polícias locais encerravam as investigações, sempre como acidentes.

– Foi por isso que puseram a Felícia como arrumadeira, para identificar o homem? Mas como souberam onde ela deveria vigiar? – Eloís perguntou.

– Pelas fichas dos hotéis. Esse controle é atribuição normal da Polícia Federal e não ia causar suspeitas. Assim que fomos avisados da chegada do homem gordo, Felícia veio para cá e reconheceu-o, mesmo de peruca e bigodes falsos.

– Era o homem que estava no ônibus, no mesmo passeio que a gente – deduziu Isabel. – E por que não o pegaram?

– Porque não deu nenhum passo em falso. Nós o seguimos e ficamos de olho nele. Eu revistei a tal pasta sem mandato judicial, e só se encontrássemos algo comprometedor poderíamos agir. Carregar certidões de nascimento não é crime e nós descobrimos que elas são verdadeiras! Todas elas são do mesmo cartório, em Santa Catarina. Pelo menos os nomes são reais, pertencem a filhos de pescadores e pessoas das regiões pobres do sul da ilha.

– Que coisa mais estranha! – exclamou Marco.

O investigador prosseguiu.

– O homem gordo não raptou a menina, porque ficou até o fim da excursão. Nem ele, nem qualquer outro passageiro do ônibus se afastou do grupo.

– As pessoas que pegaram Nina estavam em outro veículo, certo? – perguntou Eloís.

– É o que pensamos. Quero saber tudo o que vocês viram durante a excursão. Qualquer coisa, o menor incidente que tenha se passado, por mais insignificante que pareça!

II

Isabel relatou o acidente da estrada, falou sobre o velho carrão com chapa de Santa Catarina.

– Era o mesmo que estava parado no estacionamento de Vila Velha.

– Interessante, muito interessante – ruminou Amaro. – Vocês podem me descrever as pessoas que estavam andando por lá?

Eloís pôs-se a enumerar os turistas que estavam passeando entre as rochas milenares. Então chegou no homem alto e louro, que havia fotografado Marco correndo atrás de Nina.

Amaro teve um sobressalto:

– Esse homem não estava no ônibus, tenho certeza! E Felícia mencionou no inquérito um homem que fotografava a praia e havia tirado vários instantâneos das crianças. Se o identificasse, ele poderia servir de testemunha. Mas o fotógrafo estava muito longe, provavelmente com uma teleobjetiva. Sem dúvida, é uma coincidência – refletiu o investigador.

– O que vamos fazer agora? – perguntou Décio.

– Tudo depende de vocês quererem ajudar. Pra onde pretendem ir?

– A essa altura, não temos mais planos – respondeu Vera, torcendo as mãos, em desespero.

– Nós vamos para Santa Catarina – informou Tuti, falando pela primeira vez. – Eles poderiam ir com a gente.

– É exatamente isso o que deve ser feito – confirmou Amaro. – Só que vocês precisam ficar no lugar que eu indicar. Todos juntos, como se estivessem apenas em férias, pra não despertar suspeitas. É um chalezinho de madeira, num pequeno povoado, ao sul de Florianópolis. Como é, estão dispostos a confiar e seguir minhas instruções, ainda que pareçam estranhas? – indagou o policial.

Todos concordaram e Amaro explicou:

– O lugar onde vão se hospedar é uma comunidade bastante simples, ainda não invadida por turistas. O pessoal da aldeia é muito fechado com gente de fora. Principalmente os mais velhos!

– E o que exatamente devemos fazer? – perguntou Décio.

– Apenas fiquem lá, de olhos e ouvidos abertos. Vocês vão ouvir histórias bem estranhas – avisou Amaro. – São velhas crenças, às quais eles dão muita importância.

– Nós vamos adorar esses casos – afirmou Isabel, deliciada. – Quem não curte um folclore em pitoresco?

– Pois vejam e escutem, mas fiquem com as bocas fechadas. E, principalmente, não façam nada antes que eu me comunique com vocês! Estarão lá por uma razão, e qualquer ato precipitado pode atrapalhar os planos – avisou o investigador. E passou a explicar exatamente a localização da aldeia.

À medida que Amaro falava, a expressão de Tuti ia mudando; a moça apertou tanto os dentes que os músculos da face chegaram a ficar saltados! E Elóis, de repente, percebeu que o tal povoado ficava bem dentro de um dos círculos que Tuti marcara na revista de turismo!

"Mas o que a bruxaria teria a ver com tudo aquilo?", pensou ele.

As coisas estavam ficando cada vez mais confusas e intrincadas.

Amaro estendeu seu cartão, e avisou:

– Esse é um número especial, só para casos de emergência. Não há telefone no chalé, mas, caso precisem de um, procurem por Elga, a parteira. Todos a conhecem por lá.

O investigador se levantou, recomendando:

– Agora vão. Farei contato o mais rápido possível, serão informados de qualquer novidade que surgir e, da próxima vez que nos encontrarmos, será para agir!

E o policial se retirou apressado.

Parte 5

À noite acontecem coisas!

I

A pequena vila parecia sonolenta naquela tarde quente e abafada. À medida que se afastavam do centro, as casas pipocavam, uma aqui e outra ali, cada vez mais distantes umas das outras.

O chalé de madeira onde Isabel e seu grupo iam se hospedar ficava numa ruazinha de areião. Dava as costas para a praia deserta e o lado direito para um bosque de árvores esguias e muito altas.

Do outro lado havia um terreno vazio e em seguida uma casa. Isabel viu uma mulher ainda jovem, de idade indefinida, lavando roupa num tanque, do lado de fora. A mulher estava grávida.

– Onde eu ponho essas coisas, Bel?

– Deixe sobre a mesa, Marco.

Eloís entrou, logo em seguida, com duas malas, e Tuti com várias sacolas.

– Posso dar uma volta antes do jantar? – perguntou Marco. – Quando voltar, guardo minhas coisas.

– Não demore, logo vai escurecer e a gente não conhece nada por aqui ainda. À noite deve ficar muito escuro – respondeu a irmã.

Marco saiu para a praia e começou a andar devagar, respirando o ar limpo e o cheiro salgado que vinha da água.

Foi escurecendo lentamente, o céu muito bonito e avermelhado; o rapaz se afastou seguindo a orla do bosque. De repente, era noite.

Quanto tempo se passara?

"Estou sem relógio, é melhor voltar. Bel vai dizer que eu fugi pra não ajudar!"

Marco ia voltando, quando viu luzes ao longe, se movendo dentro do bosque. Eram várias, como se fossem... lanternas ou lampiões?

Não, pareciam tochas. Elas oscilavam e tremiam, irregulares.

Marco parou e ficou olhando. Os pontos luminosos iam seguindo pelo meio das árvores, como se estivessem em fila.

As luzes continuaram na direção da praia, bem mais adiante, e sumiram por detrás de uma colina.

O rapaz voltou para o chalé e, quando chegou, o lanche já estava na mesa...

– Vi luzes no meio do bosque, Bel. Parecia procissão, estavam indo na direção do mar.

– Deve haver pesca noturna por aqui – falou Eloís.

Vera e Décio permaneceram em silêncio, a moça mal tocou na comida. Os dois pensavam na filha desaparecida.

– Não sei o que a gente pode descobrir sobre Nina nesse fim de mundo – desabafou Décio inquieto. – Acho que estamos perdendo tempo!

– Temos que esperar e confiar no investigador Amaro, não há mais nada que se possa fazer agora – consolou Isabel.

A noite estava escuríssima, noite de lua nova. Cansadas, as moças foram se deitar. Décio e os rapazes saíram da casa e se sentaram na areia grossa, cheia de conchas esmigalhadas.

De repente, na outra ponta da praia, um círculo de luzes piscou ao longe.

– São as tochas que vi passar no bosque – identificou Marco.

As luzes em círculo se movimentavam, como se estivessem girando.

– Coisa mais estranha, Marco! O que será que eles estão fazendo?

– A gente podia ir andando até lá e dar uma olhada, Eloís – Marco propôs.

– Estão muito distantes, não se iludam! Pode ser perigoso andar por aí nessa escuridão – Décio avisou.

– Que nada, isso é uma aldeia pacata, aposto como nunca acontece nada por aqui! – respondeu Marco.

Nessa hora, o vento trouxe uma onde de sons. Vozes... estranhas vozes. Não, eles não estavam falando.

– Eu acho que estão cantando! – exclamou Eloís.

– Parece canto de igreja – reparou Décio.

Os sons sumiram, tornaram a voltar mais nítidos.

– É muito mais lúgubre que canto de igreja – reparou Eloís. – Parece...

Parecia o quê? As vozes eram sombrias, arrepiantes!

– Essa coisa está me deixando nervoso – sussurrou Marco baixinho, como se o exótico grupo pudesse ouvir. O rapaz estava sentindo a desagradável sensação de estar espionando algo proibido.

– Parece que eles estão executando algum estranho ritual! – completou Eloís.

– Por que você está dizendo isso, irmão? – Marco perguntou, com voz abafada.

– Porque vi uma cena parecida num filme. Essas tochas, as vozes cantando desse jeito...

– E o que eles estavam fazendo nesse filme, Eloís?

– Era um ritual de... feitiçaria!

Como se tivesse sido acionada uma espécie de mola, o rapaz pulou da areia, e num segundo estava de pé.

– Vou chamar Tuti, ela precisa ver isso!

– Você não vai acordar as moças agora – protestou Décio. – Elas estão cansadas, precisam dormir.

Mas a lembrança do filme assistido e a conversa com Tuti sobre as estranhas visões da moça não abandonaram a cabeça de Eloís. Além do mais, ele se lembrou da anotação na revista; disso nenhum dos outros dois sabia!

– Feitiçaria! – repetiu Eloís em voz alta, quase que hipnotizado. Ele não podia comentar o assunto do filme, não naquela hora, não na frente de Décio.

"Eles sacrificavam crianças, sob a luz de tochas, enquanto entoavam cânticos assim", lembrou Eloís, com um arrepio gelado percorrendo todo o corpo.

II

Os três voltaram para o chalé, mas Eloís não conseguiu pregar o olho a noite toda. Tirou rápidos cochilos e teve vários pesadelos.

"Há pessoas aqui com crenças estranhas, o investigador Amaro avisou. Mas isso não é motivo para eu ficar imaginando coisas; estou me portando como um neurótico!", o rapaz remoeu em silêncio, na escuridão.

No minúsculo quarto, Décio se mexia num sono agitado. Só Marco dormia fundo, numa total inocência.

Eloís não aguentou mais e se levantou da cama sem fazer o mínimo ruído. Descalço, saiu do quarto e atravessou a sala escura, em direção à porta. Torceu o trinco e... estava aberta!

Lá fora, uma luz pálida começava a tingir o horizonte. Em breve ia clarear.

Nessa hora, um vulto se mexeu bem ali ao lado, deslizou como um gato e se aproximou do rapaz. Eloís deu um pinote; levou o maior susto!

– Tuti, é você – reconheceu ele. – O que está fazendo aqui fora, de madrugada?

A moça apontou para os lados do bosque, onde se podia ver uma fileira de luzes piscando entre as árvores.

– Eles estão voltando – falou Eloís.

– Eles quem? – interrogou a moça.

O rapaz contou o que tinha visto na noite anterior.

– Quase chamei você, mas o Décio não me deixou.

– Por que achou que ia me interessar particularmente por isso? – a moça perguntou.

– Porque eu li o que você escreveu naquela revista, na noite de sua chegada. Não me contou tudo, não é, Tuti? O que você *viu* naquele dia?

– Eu *vi* luzes, exatamente como essas. E ouvi vozes. Pelo pouco que sei sobre o folclore dessa ilha... bem, aqueles monstros são figuras típicas de bruxaria. Esses rituais também, mas atualmente eles são inofensivos. Apenas velhas crenças que eles conservam, superstições e nada mais.

– Se é assim, por que você ficou tão assustada? E o que tem tudo isso a ver com o rapto das crianças?

– Não sei, Eloís. Tenho um punhado de peças do quebra-cabeça, mas não se encaixam entre si!

As luzes haviam sumido no fim do bosque, a manhã clareava.

– Vamos entrar antes que os outros deem por falta da gente – alertou Tuti. – Seja o que for que tenha acontecido, já terminou.

Um medo frio se esgueirava pela mente do rapaz, mas ele não ousou comentar com a moça. Era como se os dois temessem tocar num ponto por demais apavorante!

Numa espécie de cumplicidade, voltaram para seus quartos, no mais absoluto silêncio.

III

Elga, a parteira, trouxe o recado de manhã:

– Amaro espera o casal hoje às três horas da tarde, em minha casa. Fica na praça, perto da farmácia.

Quando a parteira saiu, a vizinha da casa próxima estava esperando do lado de fora. Perto demais da porta!

Elga pareceu contrariada com isso e perguntou:

– Quer falar comigo, Jandira?

– Eu vi o pessoal chegando ontem à tarde. Eles vão morar aqui, é?

Isabel ia responder, mas Elga cortou a palavra:

– Eles estão apenas passando férias. Vamos até sua casa, gostaria de dar uma olhada em você. Como está passando agora?

A parteira afastou Jandira, quase empurrando a moça.

– Por que será que ela levou a vizinha assim? – perguntou Isabel, depois que as duas estavam longe.

– Ela estava colada na porta. Será que escutou a conversa da gente? O investigador Amaro quer que o caso fique em segredo – recordou Marco.

– Jandira me parece inofensiva – comentou Vera.

– Mas tem língua – rebateu o marido.

– E pode ter bons ouvidos, também – completou Eloís.

Tuti fez um sinal para o rapaz e os dois saíram pela praia:

– Temos que conversar com essa mulher, Eloís. Mora aqui ao lado, impossível que nunca tenha visto ou ouvido nada!

– Acho que ela está mesmo a fim de fazer amizade com a gente, Tuti. Foi a tal de Elga que não deixou.

– Tem mais uma coisa que eu quero, Eloís.

– Você manda, beleza!

– Que me acompanhe ao Museu Folclórico da cidade. São umas coisinhas que preciso conferir...

– Museu Folclórico! Tem algo a ver com...

– Tem *tudo* a ver com! Lá a gente pode perguntar o que quiser sobre bruxaria, sobre os costumes e crenças do povo daqui. É o lugar certo pra esse tipo de curiosidade, sem despertar suspeitas – revelou Tuti.

Parte 6

Uma descoberta importante

I

O investigador estava sentado num pequeno sofá desbotado. Elga saiu da sala, Vera e Décio – ansiosos – falaram ao mesmo tempo:

– Alguma notícia da Nina?

– Ainda não. Mas descobrimos como age a quadrilha.

Amaro baixou o tom de voz e explicou:

– Um casal estrangeiro viajava no ônibus de turismo, no dia do desaparecimento de sua filha. Como todas as pessoas presentes na ocasião, eles foram investigados. Tinham vindo sozinhos, era um casal sem filhos. Pois logo em seguida voltaram para a Europa, levando uma criança, acompanhada de uma mulher. A mulher e a criança – um menino – passavam por mãe e filho.

Amaro contou que, embora a atitude do grupo parecesse suspeita, eles nada puderam fazer, porque os passaportes dos quatro estavam em perfeita ordem. Eles embarcaram.

– Mas não se pagam passagens assim sem mais, nem menos, a dois estranhos, para fora do país...

Seguindo a pista pelos nomes dos passaportes, o investigador descobriu que aquela mulher tivera seu bebê numa clínica beneficente, que atende pessoas sem recursos; e que a certidão de nascimento da criança fora tirada no mesmo cartório das outras, suspeitas.

– Ficamos desconfiados e pusemos Felícia dentro da clínica, como faxineira. Ela descobriu que, na realidade, a tal mulher e a criança haviam morrido, ambas durante o parto!

– Quem seria essa outra, que se fez passar por mãe, então? – perguntou Vera.

– A descrição da moça que viajou com o casal correspondia à de uma enfermeira que deixara a clínica dias antes. Seguindo a pista pelo nome verdadeiro da enfermeira, descobrimos que ela já fez várias viagens entre Paraná e Santa Catarina, nos últimos meses. Estranhas viagens...

– Estranhas, de que forma? – indagou Décio.

– Eram apenas viagens de ida. De repente, ela simplesmente desaparecia do lugar onde estava! Isso não causaria suspeita, se os lugares e as datas não apontassem *outras* coincidências... – prosseguiu Amaro.

– Correspondem ao desaparecimento das outras crianças? – indagou Décio.

– Mais do que isso. Coincidem com a estadia de casais estrangeiros, que viajavam sozinhos. Esses voltavam logo depois para seu país de origem, acompanhados de uma mulher e seu bebê.

– Que coisa diabólica! – exclamou Vera.

– Exatamente, diabólica. Essas mulheres todas eram a mesma enfermeira, provavelmente com a aparência mudada. Ela viaja para o exterior, cada vez levando uma criança, e depois volta; sempre com nomes diferentes. Os passaportes são falsificados, *eles* são peritos nisso. Mas os nomes que a mãe e a criança usam quando embarcam são reais! Para pegá-los, vamos ter que estar num passo adiante deles e provar que essas pessoas não são quem dizem ser!

– Meu Deus! – gemeu Vera. – Nina pode estar agora...

– Não, sua filha ainda não saiu do país, temos certeza. Descobrimos o procedimento da quadrilha, mas eles não desconfiam disso. É nossa vantagem.

– Se vocês não podem reter esses casais, como vão impedir que tirem Nina do país? – perguntou Décio.

– Temos que agir, montando uma armadilha. Preciso lançar uma isca para atrair e apanhar o bando todo – explicou o investigador.

– Como? – perguntou Décio, atordoado.

– Escutem o meu plano... – E Amaro revelou sua ideia.

– Mas isso é loucura, não pode dar certo! – retrucou Décio.

– Se vocês tiverem coragem e realmente quiserem reaver sua filha, terão que fazer o que eu disse. Só será arriscado se forem descobertos.

– Nós o faremos – concordou Vera. – Haja o perigo que houver!

II

Tuti e Eloís encontraram Jandira na beira do tanque e puxaram conversa, exatamente como tinham combinado no dia anterior:

– Vocês têm pesca noturna por aqui? Eu adoro assistir à chegada dos pescadores – papagaiou Eloís.

Jandira olhou para o rapaz com ar atordoado.

– Pesca noturna? Quem falou que tem?

– Ninguém falou, não. Fui eu que vi ontem, quando eles iam na direção da praia. Eram pescadores, não eram? Levavam uma porção de tochas acesas.

A mulher olhou para Eloís com uma cara arregalada, a respiração apressada.

Nessa hora – lá de dentro – saiu um velho muito magro, com a pele ressecada e escura de tanto sol.

– Acho que você andou sonhando, moço. Aqui não se pesca de noite, não. É muito perigoso!

– Mas o que foi que eu vi, então?

Jandira aproveitou a presença do velho para entrar em casa correndo, o que não era nada do feitio dela, curiosa e bisbilhoteira.

O velho tinha a cara fechada e não parecia de muita conversa. "Azar, ele ter aparecido justo nesta hora!", pensou Eloís.

Tuti, porém, não perdeu seu tempo... alguma coisa no velho carregava o ar de uma forte energia! E ela se concentrou nisso.

A moça tentou captar algum pensamento.

– As tochas acesas que eu vi não eram sonho, não! O que podia ser, então? – Eloís insistiu.

– Gente procurando algum animal fugitivo. Isso é comum por aqui.

Ele mentia, Tuti *sentiu* claramente! E, se concentrando no velho, ela *viu* o quadro exato que Eloís descrevera; mas *viu* bem de perto, como se estivesse olhando para ele naquele momento!

Era como num filme, as imagens nítidas, os gestos, as expressões. Um grupo de pessoas desconhecidas, vários homens carregando tochas. Alguns estavam na sombra, outros bem na mira dos fachos de luz!

O que a moça *viu* fez com que ela decidisse:

– Vamos embora, Eloís. A gente tem muito o que fazer em casa... E muito obrigada pela informação, senhor...

– Rivaldo. Sou tio da Jandira. – E, como para se desculpar da rudeza, ele falou: – Sabem, ela não anda bem. É teimosa, devia ficar deitada. A parteira avisou que assim vai perder novamente a criança.

– Ela já perdeu alguma? – perguntou Tuti.

– É, há dois anos perdeu a primeira. Nasceu morta. Agora, me dá licença, moça; eu tenho que catar lenha.

E o velho Rivaldo se afastou na direção do bosque.

Quando voltavam para o chalé, Tuti falou:

– Sabe, Eloís, uma das coisas mais fáceis que aprendi a *captar* foi a mentira. O velho ficou bastante contrariado com a nossa pergunta, eu *senti* uma violenta reação negativa vinda dele! Não sei por que Rivaldo mentiu, fingindo ignorar as luzes do bosque, mas ele próprio estava lá; eu *vi*, nitidamente! Só numa coisa ele disse a verdade: aquela procissão não tem nada a ver com pesca noturna!

III

— Franklin Cascaes foi sem dúvida nenhuma um dos mais importantes artistas do folclore catarinense – explicava o rapazinho de voz fanhosa.

O "museu" dedicado ao mestre ficava nos fundos de uma casa, no centro de Florianópolis. As paredes estavam cobertas de estantes cheinhas de esculturas de santos, de figuras populares de pescadores, canavieiros, músicos. Havia uma infinidade de desenhos, alguns realmente fantásticos!

Eloís olhava fascinado aquelas imagens inacreditáveis, mistos de animais, gente, figuras fantasmagóricas. Alguns não passavam de esboços, em que se misturavam desenhos de bruxas, lobisomens, boitatás, com riqueza de detalhes que faria inveja, na sua criatividade, aos filmes de ficção científica mais incríveis e cheios de efeitos especiais.

– Que tremenda imaginação esse cara tinha! – exclamou Eloís, de entusiasmo.

– Ele tinha imaginação, sim. Era um grande artista! Mas tudo isso é uma forma de ver e reproduzir a riquíssima quantidade de crenças, tradições, sonhos e fantasias que faziam parte *real* da cultura dos açorianos, quando se estabeleceram na Ilha de Santa Catarina, em 1748 – Tuti explicou.

– Você quer dizer que isso tudo tem uma base verdadeira?

– Sem dúvida nenhuma, ele era bem mais que um grande artista. Levava uma vida muito simples em contato com o povo, com suas histórias e tradições, e por isso captou justamente uma parte da história da ilha que os autores não se preocupam em focalizar.

– Você já sabia dessas coisas quando anotou aquilo na revista de turismo, não é, Tuti? – perguntou Eloís.

– Vagamente. Cascaes morreu há pouco tempo, e eu li um artigo sobre ele num jornal. Vi alguns desenhos... já tinha até me esquecido.

– Daí você resolveu perguntar lá pro pessoal do Museu de Antropologia da Faculdade...

– E eles me mandaram para cá. Tivemos sorte, eu nem sabia que este lugar existia!

O rapaz, ouvindo parte da conversa, explicou com sua voz fanhosa:

– Foi aqui que Cascaes trabalhou e escreveu, recebendo sempre um montão de gente empolgada com o que ele fazia e contava. Vinham pessoas de toda parte; figurões, como historiadores e intelectuais, mas ele recebia a garotada também. Estudantes, como eu, que comecei a frequentar este lugar ainda menino. Ele sempre me orientou e depois de sua morte eu fiquei por aqui, tentando organizar esse material todo.

Quando saíram de lá, Eloís levava debaixo do braço o livro que havia comprado sobre a vida e a arte na colonização açoriana, de autoria de Franklin Cascaes.

Para o rapaz, os segredos e os mistérios daquele estranho e fascinante povo emigrante há mais de duas centenas de anos estavam todos ali, aprisionados naquelas páginas, esperando que ele os desvendasse assim que chegasse em casa!

– Ainda não posso imaginar por que o investigador Amaro nos mandou para aquele fim de mundo, Tuti. É difícil acreditar que isso tenha alguma coisa a ver com as crianças desaparecidas!

– Minha intuição diz que tem. Não sei ainda o quê, mas a ponta do fio da meada está justamente lá! – afirmou Tuti. – Amaro deve saber qual é, e nos pôs ali pra puxar!

Nesse dia os dons de Tuti devem ter falhado, pois uma notícia chocante esperava pelos dois assim que chegassem ao chalé, e ela não pressentiu nada!

Parte 7

Um morto faz revelações

I

O jornal estava sobre a mesa. Era só ler, quantas vezes quisesse, para ter certeza de que não era engano:

"O investigador Amaro Cristóforo Pereira foi atropelado na noite de ontem, por um carro não identificado, guiado por desconhecidos. O causador do acidente foi um auto velho de marca estrangeira – segundo a única testemunha, um garoto de 11 anos, o investigador teve morte instantânea".

A voz aguda de Isabel, um tom mais alto que seu normal, parecia reviver o choque do próprio acidente.

Acidente? Nem por um momento eles iam engolir isso!

– Deram cabo dele, é claro! – explodiu Eloís, indignado.

– Ele estava chegando perto demais, agora temos certeza. E o carro deve ser o mesmo que jogou a gente pra fora da estrada e que raptou Nina – deduziu Marco.

Vera e Décio escutavam em silêncio, a moça mortalmente pálida.

– Então eles ainda devem andar por aí. O que faremos agora? – indagou Décio.

Vera, de repente, sentiu o sangue subir pelo rosto, que se tornou corado e cheio de indignação:

– Vamos seguir o plano de Amaro – respondeu ela, com voz firme e decidida.

Isabel protestou:

– Você está louca, agora estamos sozinhos nisso, é perigoso!

– Vera tem razão – concordou Décio. – O único meio de reavermos Nina é seguirmos a pista indicada pelo investigador!

– Será que Elga, a parteira, já viu essa notícia? – perguntou Tuti.

– Fui até lá, não tinha ninguém. Mas no chalé ao lado, que estava para alugar, havia gente! Sabem *quem* alugou a casa?

Todos esperaram pela resposta, Isabel despejou:

– As três moças que viajavam no ônibus de turismo, no dia em que Nina sumiu. Aquelas, com pinta de secretárias em férias! Elas me reconheceram!

– Hummm! Isso não é nada bom. Vão reconhecer Vera e Décio também e podem atrapalhar os nossos planos.

– Não vão me reconhecerão "quando eu acabar" – afirmou Vera. – Nem a você, Décio! Mas a Bel tem razão, precisamos nos apressar.

O casal tinha que passar a noite num hotel da cidade, até completar "a transformação".

Isabel pôs uma mala vazia na parte traseira da perua, bem à vista de Jandira, a vizinha bisbilhoteira. O casal sentou-se atrás, Marco foi na frente com a irmã. Já iam seguindo para a cidade, quando o rapaz lembrou:

– Temos que passar pelo correio central, Bel. Há um pacote esperando pela gente lá, o aviso está no meu bolso. O carteiro entregou hoje cedo, esqueci de falar.

Atravessaram a ponte, rumo à zona comercial de Florianópolis.

Isabel estacionou e Marco foi correndo pegar o volume. Vera e Décio ficaram no centro, fazendo compras para executar a *ideia*.

Marco saiu da agência do correio com um envelope pardo nas mãos:

– Adivinhe só quem nos enviou o pacote, Bel?

– Está bem, conseguiu seu suspense. Agora fale.

– Foi Amaro, o próprio. Um morto manda recado!

Isabel fez menção de arrancar o envelope das mãos do irmão.

– Espere, Bel! Está endereçado aos pais de Nina, não podemos abrir.

– Diabos! Será que eles vão demorar muito? Temos que esperar no hotel. Vamos, Marco.

II

Vera ainda estava com os cabelos molhados, havia acabado de aplicar a tintura:

– Como será que vou ficar loura? – perguntou curiosa.

– ... e gorda, não se esqueça dos enchimentos por dentro da roupa! – caçoou Marco.

– Comprei algumas peças dois números maiores que o meu, um tênis bem grandão e óculos escuros. E muita pintura!

– Ninguém vai reconhecer a Vera, ela nunca usou maquilagem! – falou o marido, passando a mão pelo rosto liso. – Eu é que não gostei nada, nada de raspar minha linda barba e meu bigode. Estou me sentindo nu!

Décio vestia um safari, bem diferente do estilo *jeans* que sempre usara. As roupas anteriores foram parar na mala vazia.

Sobre a mesinha, ao lado do envelope pardo já aberto, uma coleção de fotos estava espalhada. Marco apontou para uma delas:

– É o casal de estrangeiros, o que viajou depois levando a criança raptada – identificou. – Agora olhem essas outras: aqui, nesse grupo do ônibus, estão as três moças que alugaram o chalé. E a senhora ranzinza com a acompanhante chateada! – O rapaz mostrava, uma por uma, as fotografias que tinham vindo no envelope pardo.

– Alguém fotografou o pessoal do ônibus, eles sempre fazem isso nas viagens – lembrou Isabel. – Mas aqui só tem algumas pessoas. Por algum motivo o investigador nos mandou apenas essas fotos.

– Olhem, o homem gordo da pasta escura! Deve ter percebido que ia ser fotografado e escondeu o rosto atrás dela.

– Leia novamente a carta, Décio. Pra ver se nós deixamos escapar alguma coisa – pediu Vera.

Décio releu a folha datilografada e assinada por Amaro, datada do dia anterior:

"Felícia – a galega – voltou a trabalhar na clínica suspeita. Vocês devem procurá-la e seguir o plano conforme o combinado. Ela tem instruções para orientá-los".

O parágrafo seguinte trazia o endereço da clínica e pequenos detalhes sobre o procedimento que o casal devia adotar. E, depois, vinha uma incrível revelação!

"O homem gordo apareceu morto no necrotério, sem identificação, mas eu o reconheci. Tinha 'escorregado' de um penhasco, aparentemente estava nadando e ia mergulhar. Vestia um calção de banho, o que justificaria a falta de documentos. Mas a pele era incrivelmente branca, não estava acostumado ao sol. Seu pulmão não tinha água, não morreu de afogamento. A musculatura flácida não acusava um bom nadador, e o lugar onde foi encontrado era muito perigoso para esse esporte!

Breve terei o resultado completo da autópsia em mãos com as impressões digitais e o molde de arcada dentária. Então provaremos sua identidade.

Elga avisará de nosso próximo encontro.

Até lá.

AMARO"

– É só – completou Décio, emocionado.

– Há mais uma foto de mulher aí, não é? Parece mais antiga, é diferente das outras. De quem será? – perguntou Isabel.

Décio debruou sobre o instantâneo, que mostrava o busto de uma moça vestida de enfermeira. Cabelos escuros, puxados para trás, lábios finos, sem pintura.

– Não me parece estranha. Onde é que eu já a vi antes? Ei, espere um pouco! – gritou Marco, agitado. – Olhem de novo a foto da acompanhante da velha ranzinza; se a gente escurecer os cabelos dela, puxar para trás e tirar os óculos grossos...

Todos se inclinaram sobre a mesa, Vera falou:

– Tentem pôr óculos grossos na enfermeira e imaginá-la com os cabelos cheios e grisalhos! Não há dúvida de que são a mesma pessoa.

Marco levantou a foto da enfermeira, para examinar melhor:

– Vejam, atrás dela tem algo escrito! – E Vera leu: – "Felícia conseguiu o retrato na clínica. Guardem bem tudo isso, são provas importantes!"

– Por que Amaro mandou as provas importantes pra nós? – indagou Vera.

– Talvez estivesse sendo vigiado. Nos filmes, as pessoas enviam correspondência para elas mesmas, com coisas que querem esconder. O correio é um lugar seguro e ninguém desconfia da gente – lembrou Marco.

– É, ele pretendia nos encontrar logo, com novas provas – completou Isabel. – *Eles* o pegaram porque já sabia demais! Não devem ter conhecimento do envelope pardo e pensam que estão a salvo.

– Agora contamos apenas com Felícia – suspirou Vera.

– O motorista do ônibus! – lembrou Marco. – Amaro disse que era um agente, ajudou a examinar a pasta do gordo. Ele tinha uma máquina fotográfica, Eloís até reconheceu a marca!

– Você acha que ele tirou as fotos? – perguntou Décio.

– Isso explicaria a presença delas no envelope de Amaro. E podemos confiar nele! Mas como vamos encontrá-lo, se nem sabemos seu nome? – Marco falou, desanimado.

– E não podemos sair por aí fazendo perguntas, é claro. Isso poria o disfarce dele em perigo – avisou Isabel.

Vera enrolara os cabelos louros e agitava um secador, emprestado no hotel.

– Estou quase pronta. Mas preciso experimentar as roupas distribuindo os enchimentos por dentro, pra ver o efeito. Vou ficar peituda, como nunca fui!

– Agora nós já vamos indo, vocês precisam descansar um pouco. Felícia faz o turno da noite e entra às 22 horas. Boa sorte para os dois!

Isabel saiu com o irmão do hotel. Já anoitecia e ela queria ver Elga, a parteira, o quanto antes! Marco tinha outros planos e contava para isso com a ajuda do Eloís. Mas não disse nada à irmã sobre o que pretendia fazer. Ela ia ficar muito preocupada.

Parte 8

Entrando num mundo assustador!

I

Eloís passou o resto da tarde lendo o livro de Franklin Cascaes:

"Há duas categorias de bruxas. As espirituais e as terráqueas. As espirituais já nascem predestinadas. Há porém as bruxas *diplomadas*, que são iniciadas por uma bruxa-chefe, a quem elas juram obediência. Elas se reúnem às sextas-feiras ao crepúsculo, em casas mal-assombradas, grutas de pedras, ranchos de canoas de pescadores à beira de praias isoladas.

As novas bruxas aprendem palavras mágicas e ganham poderes de se tornar invisíveis ou se transformar em determinados animais. Para isso, passam no corpo um unguento, extraído do cérebro de crianças, que elas matam sem deixar vestígios e ninguém desconfia. Por isso, muitas bruxas se fazem passar por parteiras...".

– Loucura! Isso é crendice, é coisa do século XVI, e eu reagindo como se isso pudesse acontecer *hoje* e *aqui*! – desabafou Eloís.

Mas foi a frase que veio em seguida que deixou o rapaz de cabelo em pé: "As mais famosas bruxas da ilha vivem no Ribeirão".

Ribeirão da Ilha era o nome do lugar onde se situava a pequena aldeia. Será que aquele pessoal ainda acreditava em coisas desse tipo? Mesmo que não acreditassem, podiam conservar alguns rituais e se reunir de madrugada, na beira da praia. Mas para quê?

Começou a escurecer e nessa hora Eloís ouviu o barulho do carro de Isabel, que chegava. Pulou do sofá e foi encontrar os irmãos.

II

As duas moças, depois de um lanche rápido, saíram na direção da casa de Elga.

– Não fale no pacote do investigador! – Tuti preveniu.

As duas bateram na porta da casa da parteira.

– Um momento, já vou indo – uma voz gritou lá de dentro.

Elga abriu e seu rosto se tornou tenso. Tuti *sentiu* que ela não estava gostando da visita inesperada. Mas logo se controlou:

– Entrem, acabo de passar um café. Estou chegando agora, fui "cegonhar" a mulher de um pescador.

Elga trouxe a bebida, um silêncio desconfortável encheu a sala. Ela não ia falar primeiro! Então Tuti, seguindo seu instinto, perguntou:

– Qual foi a última notícia que você teve de Amaro, Elga?

Ondas de choque. Reais! Elga sabia, uma imagem de morte violenta passou por sua cabeça, Tuti *captou* num quadro rápido. Era a notícia do jornal, nem mais, nem menos.

Mas logo em seguida, outra cena substituiu a primeira: Amaro ao telefone, falando de um lugar público!

– Ele telefonou? – perguntou Tuti, de susto, não deixando tempo para Elga pensar.

– Si... sim, ontem de tarde.

– Então foi logo antes do desastre – Tuti rebateu rápido, evitando propositadamente a palavra "acidente".

Elga ficou confusa, desnorteada. Parecia chocada. Mas havia algo mais: indignação, decepção, uma espécie de... raiva!

– Ele nos mandou algum recado? – perguntou Isabel.

– Disse apenas que apareceria amanhã, e que eu deveria providenciar seu encontro com o casal.

– Você não nos avisou...

– Acredite, Isabel, estive o dia todo ocupada e a notícia que eu ia lhes dar, afinal, não era nada agradável!

– Nós lemos no jornal – comentou Isabel.

– Pois é, acho que agora acabou. Não há mais nada a fazer, não é? Sem Amaro, não sei como ajudar seus amigos.

– Não tem importância, Elga. Eles já se foram, mesmo. Logo que souberam do desastre. Deixaram o endereço; caso alguém os procure, nós avisaremos – mentiu Tuti.

As duas moças saíram da casa da parteira, Elga parecia ter pressa em se livrar delas.

Na rua, Isabel falou:

– Elga não sabia dos planos de Amaro, não é, Tuti? Ele não confiou na parteira. Ela pensou que Vera e Décio

fossem realmente desistir da procura. Foi por isso que você falou que eles tinham partido?

– O que quer que o investigador tenha dito a Elga não foi a verdade. Ela não sabe que Amaro nos deixou pistas e que o casal vai continuar procurando Nina. Em hipótese alguma Elga deve descobrir que mudaram de identidade! Nem o que vão fazer em seguida.

Quando Isabel e Tuti chegaram ao chalé, Marco e Eloís, se queixando de cansaço, disseram que iam dormir.

Tuti *captou* imediatamente a mentira e, fixando Eloís direto nos olhos, falou:

– Cuidado com os pesadelos, rapazes!

Eloís sentiu uma onda de eletricidade percorrer sua espinha. Enfrentou o olhar de Tuti, numa cumplicidade muda, implorando silêncio.

– Então desejo uma *boa-noite* pra vocês – frisou a moça. E subiu com Isabel, direto para o quarto.

III

Marco e Eloís saíram do chalé e foram na direção do bosque. Marco levava uma lanterna de bolso, mas apagada.

Não haviam andado muito, quando avistaram as luzes, lá longe, do outro lado da mataria. As tochas deslizavam silenciosas no escuro, por entre as árvores. Desta vez não havia cantos.

– Vamos seguindo por aqui, com cuidado – cochichou Eloís.

Os dois irmãos calçavam tênis, um ruído leve de folhas secas era tudo o que faziam.

– Tente pisar o mais suavemente possível, Marco.

– O.K. Pra onde estão indo agora?

– Acho que para a praia – deduziu Eloís.

– Por que eles não estão cantando hoje?

– Não sei, Marco. Estão andando muito depressa. Veja quantos são!

– Cerca de vinte, parece. Andam em fila e estão vestindo mantos com capuzes. Toda a cena não parece real; é como um sonho!

– Pesadelo, foi a palavra que Tuti usou.

– Você acha que ela *sabia* e tentou nos prevenir, Eloís?

– Se nos descobrirem, pode ser perigoso. Ninguém sabe *o que* eles estão fazendo...

– Veja, Eloís! Agora estão entrando ali, por trás daquela colina de areia. Devem aparecer do outro lado. Mas *lá* só tem penhascos, vão cair direto no mar!

Vários minutos se passaram.

– Está vendo alguma luz, Eloís?

– Nada. Vamos seguindo aqui pela orla do bosque, até mais perto.

Dali se via o outro lado da colina, e nada mais!

– Não é possível, eles sumiram! – estranhou Marco.

Eloís exclamou, de repente:

– Uma gruta! Deve haver uma gruta de pedras por ali, que não dá pra ver da praia. Não há outra explicação, eles desceram pela encosta e entraram por alguma passagem!

Não demorou muito, e um som abafado de vozes entoando uma espécie de canto monótono e arrepiante pareceu vir por debaixo da areia.

– Vamos mais pra perto, irmão? – Marco falou.

Mas Eloís não se moveu do lugar.

– Ora, o que há, cara? Podemos nos aproximar, está bem escuro, ninguém vai ver a gente! Eles não saem de lá antes da madrugada. Ei, o que você tem?

– Estou paralisado de medo, Marco. De repente, fiquei apavorado!

Foi a sorte dos dois irmãos. Naquele instante, a poucos metros dali, um vulto escuro e silencioso saiu do meio das árvores e, com seu manto encapuçado, avançou rápido pela praia, na direção dos penhascos.

O retardatário seguiu pelo mesmo caminho dos outros e desapareceu na beira do abismo, como se tivesse sido engolido pelas rochas!

IV

Marco e Eloís concordaram que, por aquela noite, as descobertas e emoções haviam sido mais que suficientes. E resolveram voltar para o chalé.

– Amanhã, durante o dia, podemos explorar aquelas rochas com segurança, Marco. Tenho certeza de que vamos encontrar a entrada de uma gruta!

– Se eles se reúnem lá dentro, deve haver algum vestígio, Eloís.

Nessa hora os dois ouviram o estalar de ramos.

– Espere, Eloís. Você ouviu isso?

Pararam, a respiração suspensa. A noite era escuríssima ali dentro do bosque, mal dava para enxergar alguns palmos entre as árvores.

Mas agora, havia passos nítidos!

– Acenda a lanterna, irmão. Depressa!

Marco pôs a mão no bolso do blusão, mas era tarde. Três figuras encapuçadas agarraram os dois rapazes, imediatamente tapando suas bocas com mãos grosseiras!

– Quietos! – ordenou uma voz ríspidas. – Vocês querem participar da reunião? Pois então venham!

Parte 9

A noite dos pesadelos

I

Os três encapuçados conduziram Marco e Eloís pela praia, até a beira do mar. O lugar era alto, com as ondas arrebentando lá embaixo contra o paredão de rochas, parecia loucura tentar descer por ali!

Mas os estranhos não pararam.

Um deles tirou a lanterna das mãos de Marco e acendeu. O foco iluminou a pedra nua e escura, até um ponto onde havia uma espécie de degraus, íngremes, mas bem talhados.

– Agora desçam – ordenou o desconhecido, com voz abafada.

O primeiro encapuçado foi na frente com a lanterna; logo em seguida, agarrando-se às saliências da rocha, Marco descia escoltado pelo segundo vulto. Atrás vinha Eloís, atordoado com a altura, firmemente apoiado pelo terceiro.

Os cinco desceram por uma trilha denteada de pedras que parecia interminável. Mas durou apenas dois minutos. Inesperadamente, a primeira sombra afundou por um vão, como se entrasse direto na rocha. Marco foi empurrado pelo segundo desconhecido para o buraco, mas sentiu terreno firme debaixo dos pés.

Era um corredor comprido e estreito, cavado nas entranhas da terra, e a lanterna iluminava claramente o caminho.

Havia uma curva sinuosa e depois... de repente, o espanto!

– Eu sabia! – desabafou Eloís, soltando a tensão. – É uma gruta!

Lá adiante, a uns cinco metros abaixo, uma enorme caverna circular cavada na rocha crua – uma joia da natureza – abrigava a mais estranha e assustadora cena!

Um grupo de pessoas, com mantos e capuzes cobrindo as cabeças, estava sentada no chão, formando a roda. Em volta, fincadas nas paredes, as tochas acesas iluminavam as mais terrificantes figuras, pintadas nas pedras!

– As imagens da visão de Tuti! – exclamou Eloís.

Eram grotescas criaturas, misto de gente e animais, algumas de bocas abertas, como se gritassem mudas, outras de asas estendidas, como se voassem estáticas.

– O que é isso, minha mãezinha! – gemeu Marco.

– São desenhos de bruxas "encarnadas" – respondeu Eloís. – Tal como imaginou Cascaes... é o próprio pesadelo que Tuti previu!

II

Eram quase 11 horas da noite, quando Vera e Décio – completamente irreconhecíveis – chegaram à clínica beneficente, numa tranquila rua de Florianópolis.

"Felícia trabalhar no turno das 22 às 6 da manhã", avisara Amaro.

Era a hora mais tranquila, apenas para emergências, e quando a mulher podia, sob o pretexto da limpeza, entrar em qualquer dos quartos e salas, e mesmo remexer os arquivos.

As enfermeiras da noite e os mal pagos plantonistas também deixavam escapar coisas, era hora de falar à boca solta, para espantar o sono. Felícia não perdia uma palavra do que diziam!

Vera perguntou quase num cochicho:

– Você acha que eles mataram Amaro, Felícia? Isso teria alguma coisa a ver com a identificação do homem gordo da pasta?

– Se vocês querem saber mesmo o que eu penso, é que *eles* se livraram do homem gordo, porque estava já muito visado; talvez ficasse amedrontado, se tornando imprudente e, portanto, perigoso. Quanto ao investigador – continuou a galega –, estava chegando muito perto e *eles* podem ter desconfiado disso. Agora se sentem mais seguros, não desconfiam do plano, nem de nós.

Felícia tirou do bolso do avental um maço de documentos:

– Aqui estão seus papéis, aqueles que vão ter que usar para a adoção da menina, sob o nome de casal Maldonado. Turistas, como os outros anteriores, é claro! Brasileiros, morando em Portugal. Isso explica a falta do sotaque no modo de vocês falarem.

Era quase meia-noite, o corredor estava escuro e silencioso.

Vera tirou da bolsa o instantâneo da enfermeira:

– Essa mulher estava no ônibus de turismo, no dia em que Nina desapareceu, disfarçada em acompanhante de uma velha. Amaro disse que você sabia quem ela era.

Felícia reconheceu imediatamente a foto:

– É a antiga enfermeira da clínica, que se despediu na época da falsa "alta" da mãe e do bebê que morreram.

– Então é *essa* a mulher que acompanha as crianças com os pais adotivos para fora do país? – perguntou Vera, ansiosa.

– O verdadeiro nome dela é Cidônia. Guardem bem sua fisionomia, ela é especialista em disfarces! Agora fiquem muito calmos, porque em breve se encontrarão com a pessoa que vai conseguir a adoção da menina que vocês desejam, exatamente conforme a descrição que deram: "a Sra. Henriqueta Maldonado perdeu sua filhinha de dois anos e meio em Portugal e deseja adotar uma criança o mais parecida possível com ela!".

– E se essa criança não for Nina? – perguntou Vera, mal se contendo.

– Nesse caso, vocês a recusarão. Peçam para ver a criança antes, é um direito que vocês têm.

– Mas como eles podem fazer isso? Nina vai nos reconhecer! – exclamou a mãe, nervosíssima.

– Não tenham dúvida, ela estará dormindo profundamente. Drogada! Em todos os casos anteriores, as crianças viajaram adormecidas.

Nessa hora ouviram um ruído de rodas. Uma atendente uniformizada se aproximava, empurrando a maca. Atrás dela vinha um plantonista.

– A parturiente está entrando agora – explicava a moça. – É uma prematura, por isso foi internada.

Vera e Décio se espremeram contra a parede para o grupo passar e Vera quase desmaiou de susto! A paciente fixou nela o olhar por um momento e virou a cabeça, gemendo.

Assim que passaram, Vera olhou apavorada para Décio; por um instante até se esquecera de que estavam disfarçados! A maca sumiu no corredor, ela falou:

– É Jandira, nossa vizinha no chalé!

A faxineira se apressou:

– Vou levar vocês imediatamente para o andar de cima, para falar com o Dr. Salgado, como Amaro mandou. Ele já está esperando. Não é segredo nenhum, aqui na clínica, que as crianças abandonadas são "piedosamente" entregues a adoções.

– Ele faz parte da quadrilha, Felícia?

– Aparentemente, não. É apenas um médico bem-intencionado, que não recebe dinheiro algum pelo que faz. Apenas põe em contato casais interessados com gente que diz localizar bebês sem lar. Ele protege a identidade de uns e outros, por questões de ética profissional.

Agindo rapidamente, Felícia se dirigiu para a escada, seguida de Décio e Vera. Mas, de repente, bem diante deles, a porta do elevador se abriu. E Elga apareceu...

III

Isabel e Tuti viram quando o carro levou Jandira de casa. Ela parecia estar passando muito mal! Foi uma vizinha, a mulher do farmacêutico, quem acudiu a moça.

– Querem alguma ajuda? – perguntou Isabel.

– Não, obrigada – respondeu a mulher do farmacêutico. – Fernão, meu marido, já providenciou tudo. Ela vai direto para a clínica.

– Eu pensei que o bebê fosse nascer com Elga – estranhou Isabel.

– Desta vez não, o parto vai ser complicado. Ainda não estava na hora, e Elga deixou instruções na farmácia para que meu marido a levasse. O tio dela não está em casa e Fernão prometeu ajudar.

"Jandira estava ótima durante a tarde", Isabel pensou. "Bem que o velho Rivaldo havia prevenido a sobrinha... mas onde estaria ele àquela hora da noite, que não podia ser encontrado? A aldeia era minúscula!"

Foi por causa do rebuliço na casa de Jandira que Isabel descobriu: Marco e Eloís não estavam no quarto!

– Onde se meteram aqueles pestinhas? – perguntou a moça, falando com Tuti.

– Foram para o bosque, Bel. Investigar as luzes – confessou a outra. – E eu espero que não se aproximem demais!

– O que é aquilo, Tuti? O que faz aquela gente lá na praia?

– São rituais, Isabel. Restos de velhos costumes. Eu avisei ao Eloís que não brincasse com esse tipo de coisa e espero que eles não cometam nenhuma imprudência. Essa gente não gosta de bisbilhoteiros.

– Imprudência, meus irmãos? Ah, Tuti! Até parece que você ainda não conhece aqueles dois lambisgoias. Eles vão cometer *todas* as possíveis!

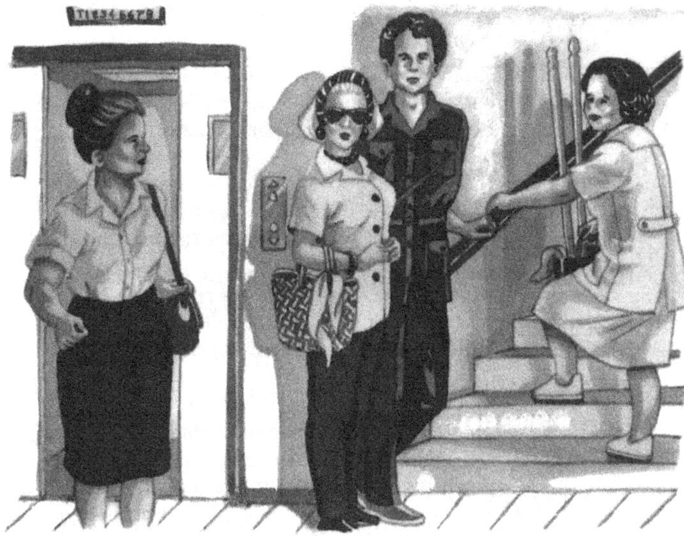

IV

Elga olhou para Vera e Décio de relance, sem dar o mínimo sinal de reconhecê-los e entrou pelo corredor, na mesma direção em que havia seguido a maca.

Vera tremia muito e segurou o braço do marido.

Felícia conduziu o casal para o andar de cima e, vendo que Vera estava fora de si, entrou com os dois numa sala vazia para a moça se recuperar. Pegou uma garrafa térmica com café bem quente e serviu em copos de papel.

– Está melhor agora? – a galega perguntou.

– Sim, obrigada. Aquela era Elga, a parteira. Ela já esteve aqui antes, Felícia?

– Sim, várias vezes. Mas nunca nos falamos e ela não sabe quem eu sou realmente.

– Elga era nosso contato com Amaro lá na vila, mas parece que ele não confiava nela. Não contou nada do plano!

– Isso não significa grande coisa. Os Federais têm várias pessoas colaborando com eles, e cada uma sabe apenas do seu trabalho.

– Mas você está a par de tudo.

– Não de tudo. Apenas das tarefas que me foram confiadas. O homem gordo era uma delas, por isso fui avisada pelo investigador Toledo sobre a morte dele. Para que redobrasse os cuidados...

– Quem é o investigador Toledo? – indagou Vera.

– O companheiro de Amaro no caso. Vocês devem tê-lo conhecido como motorista do ônibus de turismo, no dia da excursão.

– O rapaz de barba, que ajudou a revistar a pasta!

– Esse mesmo. É o nosso contato daqui por diante. Mas sobre o acidente que matou Amaro, não sei mais do que vocês.

– E sobre a enfermeira, a tal Cidônia?

– Fui eu quem descobriu quase tudo aqui dentro. Sou uma faxineira em quem as pessoas tropeçam e não notam. E tenho que continuar assim! Sou eu quem deve conduzir vocês ao Dr. Salgado, mas ele não sabe disso, é claro. Agora vamos – apressou Felícia. – O gabinete do médico é a segunda porta à direita, no fim do corredor.

Vera se controlou, pensando na filha. Eles não podiam perder mais tempo!

Parte 10

A Irmandade dos Justos

I

Marco e Eloís foram levados para o centro do círculo. Um dos encapuçados, que parecia o chefe, falou:

– O que vocês pensam que vão presenciar aqui? Sacrifícios humanos, por acaso? Acreditam, talvez, que nós chupamos sangue de criancinhas recém-nascidas?

Eloís ficou visivelmente nervoso. Marco, porém, ignorava todas as *visões* e premonições de Tuti sobre bruxaria e as conversas dos dois, e nada sabia sobre as pesquisas de Eloís. Por isso estava mais calmo:

– Nós estávamos apenas curiosos – respondeu ele.

Um segundo encapuçado continuou:

– Nós os trouxemos aqui, porque queremos e podemos ajudar. Temos interesse nisso! Vocês vão saber *o que somos*, mas não *quem* somos. E vão prometer que, saindo daqui, jamais abrirão a boca sobre o que quer que tenham visto ou ouvido!

Eloís ainda estava paralisado, foi Marco quem perguntou:

– Quem... *o que* são vocês?

– Isto aqui é uma reunião da Irmandade dos Justos. Nós aproveitamos velhas crenças e antigos rituais para afastar de nossas sessões pessoas indesejáveis. Isso não funcionou com vocês, não é? São os primeiros estranhos que invadem uma assembleia, sem ser convidados!

– Mas nós fomos trazidos – se defendeu Marco.

– Vocês viriam de qualquer maneira e nós sabemos por quê. Estão transtornados com o desaparecimento de uma criança. E isso nos diz respeito, mas não da forma que vocês imaginam. Aqui não há bruxas, há pelo menos dois séculos!

Eloís, agora, sentia-se envergonhado e com as pernas moles.

O *irmão* encapuçado continuou falando:

– Somos uma espécie de conselho de cidadãos que protegem a comunidade nas aldeias e ajudam as pessoas que não têm a quem recorrer. Não precisamos da polícia. Formamos um júri e o que decidimos tem peso total!

– Vocês são uma sociedade secreta? – perguntou Marco, empolgado. – E como sabem que nós estamos procurando uma criança desaparecida?

– Somos numerosos, e estamos em muitos lugares. Tomamos conhecimento daquilo que nos importa. Pois nesse momento nossos interesses se cruzaram e vamos nos aliar a vocês – respondeu um segundo encapuçado.

Finalmente Eloís criou coragem e perguntou:

– Vocês querem dizer que *julgam* as pessoas para saber se as ajudam ou não?

– Exatamente – respondeu o primeiro *irmão.*

– E temos meios de fazer com que algumas pessoas paguem pelo mal que fizeram a outras – acrescentou o segundo *irmão.*

Eloís notou que bem ao fundo, fora do círculo, havia um vulto encapuçado e em silêncio. Ali sentado, ele apenas ouvia tudo, atento. O estranho estava fora do alcance das tochas e nesse momento fez um sinal para o primeiro *irmão,* levantando um braço.

O primeiro *irmão,* que os outros chamavam de *Mestre,* fez um sinal afirmativo com a cabeça e, como se tivesse recebido ordem de falar, explicou:

– Nesta aldeia, algumas pessoas ambiciosas e sem escrúpulos se juntaram a outras ainda piores, das cidades grandes.

E venderam as certidões de nossas crianças mortas, para serem usadas como falsa identidade, por crianças vivas.

Marco imediatamente pegou a coisa:

– As crianças raptadas estão usando a identidade de crianças mortas, filhas de gente da aldeia? Incrível! Mas se sabem disso, por que não denunciam?

– Porque não é assim que nós agimos. Há pessoas da aldeia envolvidas, mas nós não sabemos quem, nem temos provas contra elas.

Um outro encapuçados continuou:

– Alguém dentro do cartório eliminou dos livros os registros de óbitos dessas crianças. Descobrimos por acaso, há duas semanas apenas. Mas isso vem acontecendo há muito mais tempo! Uma pessoa ligada à aldeia forneceu os nomes das crianças e suas verdadeiras certidões para os falsificadores.

– Nós descobrimos essa pessoa – prosseguiu o desconhecido –, mas ela foi morta antes de nos entregar seus cúmplices. Ficamos sabendo apenas que a próxima adoção vai ser a da menina que vocês procuram, mais ignoramos o nome que pretendem usar para ela. Obter antes essa informação é a única forma de evitar que eles fujam e o meio de pegá-los em flagrante. E são vocês que vão ter que descobrir isso...

– Nós, mas como? – perguntou Marco, espantado.

O *Mestre irmão* tornou a se virar para o canto distante do grupo, como havia feito antes. Nesse momento, o silencioso vulto ali sentado levantou a cabeça, e no rosto sombreado dois pontos luminosos se destacaram nitidamente.

Eloís, que tinha seguido o gesto do *Mestre irmão*, fixou aqueles olhos e teve um choque terrível! Não, era impossível! Ele estava imaginando coisas e até vendo coisas – repetiu para si mesmo. Tinha sido apenas alucinação, ele precisava controlar os seus nervos...

O misterioso encapuçado repetiu o sinal de aprovação e o *Mestre irmão* explicou o que Marco e Eloís deveriam fazer.

Depois disso, um dos encapuçados acompanhou os dois rapazes de volta, até a entrada do bosque, e se despediu deles.

– Lembrem-se da promessa que fizeram – avisou o *irmão*. – Se falarem, estão correndo perigo! Na aldeia, estamos em toda parte. E quem não for um de nós, pode muito bem estar contra *nós*!

E desapareceu na escuridão, por entre as árvores...

II

O Dr. Salgado explicou ao *casal Maldonado* que a clínica não se envolvia em adoções. Apenas permitia – por questões de humanidade – que as pessoas se encontrassem ali.

– Vocês têm que ser muito discretos, infelizmente a caridade é dificultada pela burocracia... – E conduziu os dois a uma saleta.

– Esperem aqui um momento – avisou. E se retirou fechando a porta.

Logo em seguida entrou alguém. O espanto do casal foi total! Era uma freira, vestia um hábito modesto e surrado e tinha a cabeça coberta por um véu.

– Meus filhos, Deus os abençoe pela caridade! Nossas crianças abandonadas são inúmeras e a que vocês vão levar precisa de ajuda e carinho!

Vera se arrepiou toda! E perguntou, se contendo:

– O que há com ela, irmã?

Com voz suave, a freira explicou:

– Perdeu os pais num acidente e está transtornada. É muito pequena, não tem mais ninguém, mas não pode entender direito o que aconteceu.

Décio achou que aquela freira tinha alguma coisa de familiar. Era baixa e miúda, parecia bastante idosa. Mas ele concluiu que não conhecia ninguém assim.

– Podemos ver essa menina? – perguntou o marido.

– Claro, vocês vão vê-la. É um doce de garotinha!

Nessa hora, Vera notou algo de estranho no vestuário da freira. O que seria, mesmo? Alguma coisa estava errada!

– Onde está a criança? – perguntou Décio.

– Aqui mesmo. Eu levarei vocês lá.

Vera e Décio estremeceram! Nina estava ali dentro, tão perto! Seria simples assim? Mas... e se essa criança não fosse sua filha?

A freira levantou a mão para ajeitar a pala do hábito e Vera então se lembrou: no seu tempo de aluna em colégio de irmãs, todas usavam uma cruz pendurada no peito. Mas essa não!

Não houve muito tempo para pensar. A irmã os levou até uma enfermaria no último andar, onde diversas crianças pequenas estavam deitadas em caminhas. Junto à parede, uma garotinha toda encolhida dormia profundamente.

– Venham, se aproximem. Não tem perigo de ela acordar – animou a freira.

O casal foi-se chegando devagar, com medo do que iam ver. A irmã afastou o lençol e Vera mal conteve um grito: era Nina! Décio mordeu as bochechas até sangrar; Nina estava diante deles! O que deviam fazer?

A vontade do rapaz foi de pôr a boca no mundo, pedido socorro. Impossível que na clínica todos fossem cúmplices de um rapto! Mas se controlou. Era preciso calma, muita calma! Até ali o plano do infeliz investigador Amaro estava dando certo. Mas sua morte violenta deixava bem claro que não podiam facilitar!

Com um fio de voz, Vera falou:

– Ela é mesmo uma doçura. Quando podemos levá-la conosco?

A irmã tornou a cobrir a criança e saiu da enfermaria com passos firmes.

– Vamos conversar na outra sala sobre isso...

De repente, ela parecia outra pessoa. Mais decidida, menos humilde. Voltaram para a mesma saleta e a freira começou a falar.

– Sr. Maldonado, temos dezenas de crianças abandonadas que nós alimentamos e protegemos, à espera de quem as queira. Isso custa muito dinheiro e nós vivemos apenas da caridade alheia.

"Agora as coisas estão se esclarecendo", pensou Décio.

– É claro, essas adoções são voluntárias. Mas, no caso de crianças que vão sair do país, vocês compreendem, há o problema da lei. Corremos o risco de pôr todo o nosso trabalho a perder, se as autoridades descobrirem essa... irregularidade.

– Então, quais são as condições? – apressou Décio.

– Pedimos uma contribuição para o Fundo de Ajuda às outras crianças, as menos afortunadas.

– Muito justo – respondeu Décio. – E de quanto é essa contribuição?

A freira levantou o rosto, já segura de si, e enfrentou o casal. Nesse momento Décio a reconheceu; e gelou por dentro! Felizmente, Vera não percebeu que aquela bondosa irmã era a mesma mulher ranzinza que estava no ônibus de turismo, com a acompanhante suspeita, no dia do rapto de Nina!

A falsa freira jogou o lance final:

– Costumamos pedir 20 mil dólares, 10 mil adiantados para preparar a papelada da criança. Para evitar problemas, no dia em que viajarem, uma de nossas voluntárias...

Pronto! Estava tudo ali, exatamente como Amaro descrevera. O modo de agir da quadrilha. Décio rezou para que Vera não desmaiasse, ela estava branca como sal!

Depois disso, com toda a frieza, a farsante explicou como deviam agir para entregar a primeira parcela do dinheiro. E se despediu, deixando a saleta.

Não foi fácil Décio tirar Vera da clínica. Ela não queria mais sair dali. Procuraram Felícia por toda parte, queriam avisar que Nina estava na enfermaria. Só na galega eles podiam confiar! Mas não encontraram a faxineira em lugar algum!

Chegando ao hotel, eram três horas da manhã. Décio falou:

– Agora temos que descansar um pouco e esperar. Felícia sabe que o plano continua e alguém deve nos procurar de manhã.

– Mas e se tirarem Nina da clínica, Décio?

– Os raptores nos prometeram *essa* criança. Temos que conseguir os dólares e só o tal investigador Toledo pode nos ajudar. Afinal, ainda somos a isca deles, não somos?

Vera caiu na cama exausta e vestida, chorando desesperadamente!

III

De manhã, Isabel e Tuti encontraram Marco e Eloís dormindo profundamente em suas camas.

Assim que acordaram, a irmã perguntou:

– O que houve com vocês ontem?

– Nada. O que poderia ter havido? – respondeu Marco, inocente.

Isabel contou o que tinha acontecido com Jandira, na noite anterior.

– Por que você e Marco não vão saber como ela está passando? – lembrou Eloís. Ele queria ficar sozinho com Tuti.

– O velho Rivaldo não é lá muito sociável – retrucou Isabel.

Marco, porém, agarrou a ideia e arrastou a irmã até a casa da vizinha. Bateram na porta da frente. Nada!

– Ele deve estar nos fundos – insistiu o rapaz.

A porta detrás estava totalmente aberta, os irmãos foram entrando.

– Alguém em casa? – gritou Marco, na cozinha deserta.

Apenas uma cortina separava o cômodo da sala. Os dois enfiaram a cara pela abertura e não havia ninguém lá dentro. Marco, como sempre curioso, correu a vista pelos móveis modestos e, de repente, teve um sobressalto:

– Bel, olha aquele porta-retratos! Ali, sobre a mesinha.

Havia três pessoas. Uma era Jandira, vestida de noiva, de braço com um homem...

– Engraçado, não é? Nunca vimos o marido dela por aqui – lembrou Isabel.

– Está bem, isso é estranho. Mas olhe o *outro* homem! – Marco chamou atenção.

A moça chegou mais perto, porque estava sem óculos. Foi *o* espanto:

– Meu Deus, Marco! É o homem gordo da pasta, que trabalhava para a quadrilha e morreu estatelado! O que ele está fazendo na foto?

– Sorrindo, descaradamente, irmã! Como se fosse íntimo do casal!

– Você notou como ele é parecido com o marido de Jandira, Marco? Só que o outro é mais magro e mais novo.

– Poderiam ser irmãos, ou parentes próximos – observou Marco.

– Então foi por isso que Amaro nos mandou para cá. Mas ele não sabia a identidade do morto... – falou Isabel, confusa.

– Devia saber a identidade dele quando vivo e isso já era uma pista bastante quente – retrucou Marco.

– Acabamos de descobrir uma bomba – desabafou a moça. – Vamos embora daqui, Marco. Não convém que o velho Rivaldo nos encontre agora!

"Ele deve ser um dos encapuçados", pensou Marco.

Os dois irmãos saíram dali correndo, foram levar a "bomba" pra jogar sobre Eloís e Tuti.

Não dava mais para esconder informações uns dos outros e os quatro trocaram, entre si, tudo o que já sabiam.

Isabel e Tuti fizeram mil perguntas sobre a "Irmandade dos Justos", e os dois tiveram que relatar tim-tim por tim-tim a aventura da noite anterior, na caverna.

Eloís escondeu apenas uma coisa dos outros três. Aquela "alucinação" que tinha tido, sobre a identidade do misterioso vulto encapuçado. Ele ainda achava que não passara de ilusão...

Parte 11

Disque S para socorro

I

Felícia, a galega, não foi encontrada por Vera e Décio porque estava na sala reservada aos médicos, discretamente servindo o café para o plantonista Fábio, a parteira e um outro homem, desconhecido.

– Agora a paciente está passando bem, acho que vai reagir – comunicou o plantonista aos outros dois, sentados à sua frente.

O homem desconhecido perguntou:

– Quanto tempo ela terá que ficar aqui, doutor?

– Eu diria uns quatro ou cinco dias, no mínimo. Se a febre e a infecção cederem, é claro.

– Nós avisaremos o tio dela – afirmou Elga.

– O velho pediu que eu cuidasse de tudo. Conheço a moça desde menina, sou farmacêutico na vila há mais de vinte anos – explicou o homem.

– Eu sinto muito quanto à criança – lamentou o plantonista.

– E justo agora, o marido a abandonou; desapareceu já há semanas – lamentou a parteira.

– Vamos indo, até a vila é um bocado de estrada – alertou Fernão, dirigindo-se a Elga.

– Esperem, temos uma ambulância que vai sair agora de madrugada. Vamos transportar uma criança para aqueles lados, vocês podem pegar uma carona.

Nesse instante entrou na sala uma freira miúda, com um hábito cinza e um véu que cobria a cabeça, emoldurando um rosto muito brando e inexpressivo, desses que a gente olha e minutos depois já se esqueceu.

– Ela está pronta, doutor. Já mandei colocar a maca e a estamos levando para a garagem. Muito obrigada por me ceder a ambulância – agradeceu a irmã.

– Essas duas pessoas vão para o mesmo lado que a senhora. Podem aproveitar a condução – comunicou o médico.

A freira olhou espantada e confusa para o plantonista, depois para Elga e Fernão.

Felícia não perdia uma palavra e um movimento de cada um deles, lavando as xícaras do café com o rosto abaixando sobre a pia, no canto mais escuro do aposento.

Elga e Fernão seguiram o médico e a freira, que com ar contrariado fazia o possível para se controlar.

Depois que todos saíram da sala, Felícia silenciosa e ágil como um inseto se esgueirou pelo corredor e desceu as escadas correndo, em direção à garagem.

Lá embaixo, das sombras de uma coluna, ela fez um sinal para o motorista que estava junto da ambulância. O rapaz abanou a cabeça num gesto afirmativo e entrou imediatamente no veículo.

Menos de um minuto depois a porta do elevador se abriu, deixando passar a maca com um lençol que embrulhava inteiramente um pequeno volume imóvel.

A atendente, ajudada pela freira, colocou a criança na parte detrás da ambulância. A irmã entrou junto. Felícia mal teve tempo de se esconder atrás da coluna escura!

Logo em seguida, saindo do outro elevador, o plantonista acompanhou o farmacêutico e a parteira, e instalou os dois na parte da frente do carro, ao lado do motorista.

– Onde está o Tales? – perguntou o Dr. Fábio ao jovem motorista.

– Com crise de bronquite – respondeu o rapaz. – Me passou o plantão pra não deixar a clínica na mão. Vim só segurar a peteca até ele melhorar.

– Eu conheço essas crises de bronquite dele – respondeu o plantonista. – Elas dão uma tremenda ressaca, não é mesmo?

Era. Só que dessa vez o Tales estava apagado no quartinho de roupa suja da lavanderia, graças à garrafa que a simpática faxineira lhe havia presenteado. Felícia conhecia a fraqueza de todos ali dentro!

O jovem substituto levantou os ombros, impassível, e perguntou:

– Pra onde é que vamos?

– Ao Ribeirão da Ilha. O endereço está aí, nesse papel – entregou o plantonista. – Mas antes deixe essas pessoas onde elas pedirem.

Elga e Fernão não conheciam o rapaz que guiava a ambulância. A freira estava na parte detrás e não viu o rosto do motorista. Mas, mesmo que visse, dificilmente a "senhora ranzinza" da excursão de Vila Velha reconheceria, sem barba e de óculos, o motorista do ônibus de turismo onde ela havia estado, dias antes, em companhia da enfermeira Cidônia!

A ambulância saiu da garagem e Felícia voltou em segurança para dentro da clínica. Mas não encontrou mais Vera e Décio; eles já tinham saído pela porta da frente.

II

Vera e Décio não conseguiram dormir aquela madrugada. Mal amanheceu, os dois estavam combinando o que deveriam fazer.

– Temos que depositar os 10 mil dólares no cofre alugado que a freira indicou, com a chave que ela nos deu – recordou Vera.

– Eles sabem que, como turistas, precisamos de tempo para a conversão dos cheques de viagem – lembrou Décio.

– Nós não podemos demorar muito, Nina pode ser entregue a outro casal, se eles acharem que não estamos tão interessados nela! – falou a mãe, aflita.

– Mas como vamos localizar o tal investigador Toledo? Não conseguimos avisar Felícia e não podemos ficar esperando! – desabafou o marido.

– Décio, ainda temos aquele cartão que o Amaro nos deu para emergências? – a moça perguntou, se lembrando de repente.

– Claro, ele tinha um telefone! Mas Amaro está morto. Será que vai adiantar para alguma coisa?

– Eles são vários, é toda uma organização, não é? Alguém deve atender. Agora, mais do que nunca, devem estar checando as coisas dele – insistiu Vera. – Certamente estão investigando sua morte!

– Pois vamos tentar já – concordou o marido.

Discaram para o número do cartão, que Décio guardara na carteira.

A campainha soou apenas uma vez e uma voz atendeu do outro lado. Décio quase desmaiou de susto ao reconhecer a voz do investigador Amaro! Mas logo caiu em si, era apenas um aparelho de recados:

"... Isto é uma gravação..."

O rapaz não esperava por aquilo e perdeu o minuto que era reservado para a sua mensagem. Teve que fazer outra ligação, depois de pensar exatamente o que deveria dizer. Discou novamente:

– Aqui é Antero Maldonado. Eu e minha mulher precisamos de alguém daí, com urgência, para concluir negociações. Precisamos *trocar nossos cheques de viagem. São 10 mil dólares, se possível ainda hoje!*

Décio deu o nome do hotel e o número do quarto. E foi só; o tempo se esgotou!

Com a linha já muda, o rapaz desligou e o casal sentou-se diante da janela, de onde se avistava parte da cidade de Florianópolis.

– Meu Deus, tomara que dê certo! – rezou Vera, à beira das lágrimas.

III

Já era quase meio-dia, quando alguém ligou o aparelho de recados e decifrou a mensagem do *casal Maldonado.*

Imediatamente essa pessoa transmitiu a informação ao rapaz que ainda dormia, em seu pequeno apartamento, num bairro distante.

– Arrume imediatamente 10 mil dólares e leve para o casal no hotel, Toledo. Procure saber como e onde o dinheiro vai ser entregue e ponha alguém lá para verificar quem vai buscar. O portador deve ser seguido com muita discrição!

– Entendido. Quanto à noite passada, você tinha razão. A criança estava lá e foi transferida logo depois que eles a viram.

– Sabe para onde a levaram?

– Positivo. Eu mesmo a transportei. Me deram o endereço e eu a deixei na porta da rua e do número que me foi dado. Só que... não era bem o que esperávamos.

– Como assim? Você sabe ou não para onde a levaram?

– Sim, eu sei. Esse endereço corresponde nada mais, nada menos que a uma igreja!

– O QUÊ?

– É isso mesmo. Eles são muito espertos. Deixei a freira e a criança adormecida na porta lateral da igreja, na aldeia. Estava bem escuro, sem acender nenhuma luz saiu de lá de dentro um monge encapuçado que recebeu a freira e se encarregou de transportar o "pacote". Depois fecharam a porta e eu tive que sair de lá; não podia ficar parado, à vista, com aquele veículo tão *óbvio!*

A outra pessoa soltou uma praga, furiosa. Toledo prosseguiu:

– Deixei a ambulância numa ruela distante, despi o avental branco e voltei. Montei guarda no vão de um muro que dá para o cemitério, atrás da igreja. De lá avistava a tal porta. Mas não pude ficar até de manhã, porque estava substituindo o motorista de plantão, lembra-se? Tive que voltar antes que alguém descobrisse.

– Não teria adiantado, mesmo que você ficasse. A igreja tem várias saídas, incluindo a principal, dando para a praça. Ela deve estar em alguma das casas da vila. E se não desconfiarem de nada e se sentirem seguros, não a removerão até a "hora da entrega". Estamos fechando o cerco!

Era uma linha particular, Toledo tinha a certeza que os telefones não estavam grampeados. A voz do outro lado falou:

– Deixe a vila comigo e vá tratar imediatamente do outro assunto. Dê todo o apoio que puder ao casal, eles vão precisar! – E desligou.

Toledo tratou de agir o mais rapidamente possível.

Era uma hora da tarde quando Vera e Décio, tinindo de nervoso e impaciência, receberam finalmente um telefonema:

– Sr. Maldonado? Aqui é da Casa de Câmbio. Já vou levar o que o senhor pediu. Estarei no saguão do hotel no máximo em uma hora!

Foi só. Mas Décio respirou aliviado, enquanto fazia as contas:

– A que horas fecham os bancos? Se sairmos daqui às duas e meia, chegaremos a tempo!

Sentindo-se enjoada, Vera se trancou no banheiro. Olhou para o espelho sobre a pia e viu, em lugar dela própria, aquela loura estranha, de cara pintada. As lágrimas finalmente começaram a correr, formando riscos borrados pelo rosto abaixo!

IV

Marco e Eloís entraram no pequeno cemitério abandonado, atrás da igrejinha. Marco tirou do bolso a esferográfica e uma caderneta, e os dois começaram a percorrer as lápides.

– Anota apenas os nomes das meninas nascidas entre dezoito meses e dois anos e meio. Eles não falsificaram a data do registro, e a idade tem que conferir com a aparência de Nina – lembrou Eloís.

Eram muito poucas as crianças de sexo feminino que tinham nascido e morrido dentro daquele período e não foi muito trabalhoso para os dois irem anotando os nomes inteiros das crianças.

Já iam chegando ao fim do terreno, quando, de repente, Marco parou diante de uma lápide simples, com uma estrela diante da data de nascimento e uma cruz na da morte:

– Esta confere, morreu há dois anos exatos – constatou.

– É menina? Veja o nome.

– Joana Ferreira da Luz. "Saudades de seus pais..." Cruzes, Eloís! Olhe só o nome da mãe dessa criança!

O rapaz fixou a vista e se arrepiou todo:

– É a filha de Jandira, mas nasceu morta!

– Eles eliminam o atestado de óbito, não se esqueça! Só usam o registro de nascimento. Seria muita coincidência...

– Anote, Marco. Com essa já são quatro.

– Não há mais nenhuma criança por aqui, Eloís. Acho que podemos ir embora. Já estou ficando nervoso! Ainda bem que fizemos isso em pleno dia! – E Marco guardou sua caderneta no bolso.

Fechando o portãozinho de ferro do cemitério, os dois entraram pela porta lateral da igreja para disfarçar e saíram pela frente, descendo a escadaria que dava para a praça.

Três moças passavam conversando e olharam para eles.

– São as tais da excursão, Marco!

Os dois abaixaram a cabeça e seguiram pela calçada oposta, entrando direto na farmácia. Havia várias pessoas lá dentro: um homem magrinho de cabelos grisalhos, um rapaz corpulento e uma senhora gorducha, que dizia penalizada:

– Coitadinha da Jandira! Perder o segundo bebê, assim de parto prematuro... parece que ela está bem mal, pobrezinha! E logo agora, com o sumiço do marido dela...

Esse estranho desaparecimento, ninguém ali sabia explicar.

Depois que terminou de servir a senhora, o balconista perguntou:

– Mais alguma coisa, D. Lídia?

– Não, é só, Augusto. Ponha na conta da loja, está bem?

O homem magrinho pediu pressa, tinha que atender a dois clientes que vinham preparar Imposto de Renda. Ele era contador, tinha vindo a pé, num instantinho. Mas não podia demorar. Chamava-se Tássio.

Marco e Eloís ainda tiveram que esperar que o balconista atendesse o rapaz, que trabalhava na oficina de carros e tinha dado uma fugida para comprar algumas pílulas. Apresentou uma receita médica, Augusto conferiu e foi buscar lá dentro.

Quando ele saiu, Marco pediu finalmente o xampu, encomenda de Isabel, e perguntou com ar inocente:

– Quem era aquela senhora simpática? Acho que já a vi em algum lugar.

– É a dona da lojinha de variedades, do outro lado da praça. Ela se dá com todo mundo, é muito caridosa; dessas de igreja...

Augusto pegou a receita azul que o rapaz lhe entregara.

– Esse remédio é fogo! Só posso vender com receita especial – explicou. – O pai do Tonho, dono da oficina, anda com a cabeça ruim. Tem que tomar calmantes fortíssimos, coitado! Faz tempo que eu não vejo o velho... Tem só dois filhos, mas o outro é metido a grã-fino, não quer saber de sujar as mãos de graxa, trabalha num cartório da cidade.

Marco pegou o xampu e os dois saíram para a praça, com as orelhas em brasa:

– O marido da Jandira se mandou de casa, você ouviu, Eloís? Será que ele também estava envolvido com a quadrilha?

– Pode estar fugido, se escondendo. O homem da pasta foi morto e era parente próximo dele!

Às duas e meia da tarde, enquanto Vera e Décio depositavam os dólares no cofre alugado, Marco e Eloís entravam num dos cartórios da cidade, aquele cujo endereço constava das certidões da pasta.

Eloís preveniu o irmão:

– Lembre-se, temos que parecer dois desses empregados de escritório, que passam o dia todo levando e trazendo documentos!

– Não tem por que alguém desconfiar de nós, ora. Ou tem?

A pergunta de Marco ficou solta no ar.

Parte 12

As peças do jogo estão se mexendo

I

O cartório estava cheio de gente. Ficava numa sobreloja, um lance de escadas dava para o estreito corredor por onde se abriam duas portas. Entrando na sala, Eloís avisou:

– Marco, vou falar com aquele velho! Você fala com a moça, certo?

Eloís entrou numa fila, havia várias pessoas para serem atendidas, muitos *boys* de escritório, garotos como eles.

Enquanto Eloís pedia para o velho a cópia de dois atestados de óbito, Marco tentava conseguir os outros dois.

A moça foi examinar os registros para tirar a cópia dos atestados.

O velho demorou alguns minutos e voltou abanando a cabeça.

– Sinto muito, mas não temos nenhum desses registros. Os atestados devem ter sido tirados em outro cartório...

Do outro lado do balcão, a moça voltou com as duas cópias pedidas por Marco. O rapaz pagou pelas cópias e se retirou depressa, passando para o corredor estreito.

Eloís vinha chegando, os dois se encontraram e desceram as escadas juntos. De costas, os irmãos não viram o homem louro e alto que saiu da sala de cópias e ficou debruçado no corrimão, olhando para eles.

O homem louro reconheceu os rapazes da excursão, principalmente um deles: o que ele fotografara dias atrás, em Vila Velha, correndo atrás da garotinha! Fora ele próprio quem tirara as cópias dos dois atestados entregues a Marco. Isso era realmente uma coincidência!

Voltando à sala, o homem louro deu imediatamente um telefonema. Falou em voz baixa, mal sussurrando as palavras. Do outro lado da linha alguém respondeu:

– Isso pode mudar tudo. Nossas ordens são de que, se houver uma mínima surpresa, devemos imediatamente "suspender essa *remessa*".

II

A garota com pinta de colegial seguiu o rapaz forte e entroncado desde o cofre do banco até avistar – do outro lado da rua – o carro onde ele entrou.

Com seu jeito estabanado – carinha de anjo, saia escura e blusa branca –, a mocinha jogou a sacola de cadernos nos ombros e tomou um táxi que vinha passando.

O motorista tinha sobre a cabeça o boné colorido de um clube de futebol.

– É aquele o carro, Toledo – avisou a mocinha.

– Certo, Teresa. Vamos em frente.

O táxi seguiu discretamente o carro do rapaz até o Ribeirão da Ilha, a uma distância segura.

– Ele vai para a aldeia, não há dúvida! – constatou o investigador. – Estamos na pista certa, com o cerco fechado. Temos mais gente lá na vila com todas as antenas ligadas!

O rapaz que eles seguiam, chegando em frente a uma garagem de consertar carro, entrou direto.

O táxi deixou Teresa numa rua lateral, e a colegial foi andando displicente, com seu tênis colorido, até um chalé de madeira recentemente alugado. Olhou para todos os lados, não havia ninguém na rua e então ela entrou.

Teresa foi para o quarto e se trocou rapidamente. Suas duas companheiras – Laura e Susana – vieram correndo saber as novidades.

– Como é, descobriram quem pegou o dinheiro?

Já com um aspecto de bem mais velha, a ex-colegial parecia agora mais uma secretária em férias.

– Positivo, Laura. Foi o rapaz da garagem, aquele que tem o pai doente, que nunca aparece.

– Você acha que eles vão conseguir desta vez, Teresa? Da última falharam, e eu não me conformo com isso!

– Eu acho que conseguem, Susana. Agora eles pegam os bandidos que raptaram seu sobrinho. Se os culpados forem presos, para se safarem de piores consequências, vão dar todo o serviço! E assim que os Federais conseguirem as provas, podem pedir a extradição do garoto. Afinal, eles sabem quem adotou o menino, e nós mesmas vimos o casal na excursão! Toledo também estava lá e até fotografou. Eles mesmos, sabendo de onde veio a criança, vão colaborar com a gente e devolver o garoto!

Em seguida, Teresa transmitiu às companheiras as últimas instruções de Toledo: Susana ia ficar de olho na garagem e dar o máximo de trela para Lídia, a dona da lojinha, que gostava de falar e sabia um pouco da vida de todo mundo. Laura ia paquerar Augusto, da farmácia, que era derretido por ela...

– E eu vou continuar vigiando Elga – completou. – Amaro desconfiava da parteira há muito tempo, mas desde que ele foi morto ela ficou com os movimentos livres.

– Não me conformo com o acidente do investigador Amaro, Teresa! Não acredito nisso – desabafou Susana.

– Se eles o mataram, vão pagar por tudo o que fizeram. Sejam quem forem! – arrematou Teresa.

III

Ficou combinado que Isabel e seu grupo não procurariam mais o *casal Maldonado* no hotel em que estavam hospedados, depois da transformação. Acionado o plano de Amaro, com a ida de Vera e Décio à clínica, eles poderiam estar sendo vigiados e seguidos.

No dia seguinte da visita à clínica, os pais de Nina já sabiam, através do investigador Toledo, que a filha havia sido removida naquela mesma noite.

Depois de depositarem os dólares no cofre de aluguel, conforme as instruções da falsa freira, o casal voltou para o hotel, e Décio ficou esperando notícias dos raptores. Assim que recebessem o dinheiro, eles deveriam mandar instruções para concretizarem a adoção.

Vera, porém, seguiu o plano combinado com Isabel. Tirou toda a pintura do rosto, escondeu totalmente os cabelos louros num lenço e, vestindo as roupas antigas, sem enchimentos, saiu pela porta de serviço do hotel. Foi encontrar a amiga no Mercado, no centro da cidade.

Foi assim que Isabel, Tuti e os rapazes ficaram sabendo de tudo o que estava acontecendo com o *casal Maldonado,* e Vera e Décio foram informados das novidades na vila.

– O plano do coitado do Amaro está funcionando, Bel. Se nada de errado acontecer, o investigador Toledo prometeu que nós vamos reaver Nina viva e perfeita. Os raptores serão pegos em flagrante! – afirmou Vera.

Isabel não estava tão otimista assim. Mas não devia desanimar a moça, não naquela hora! E conseguiu apenas dizer:

– Agora vá, Vera. Décio já pode ter recebido notícias do “pessoal da adoção”.

A moça voltou para o hotel e o *casal Maldonado* ficou esperando. Anoiteceu, e os raptores ainda não tinham dado sinal de vida!

IV

Marco e Eloís saíram depois que escureceu e, levando apenas a lanterna, foram para o bosque. Andaram rapidamente até o lugar onde haviam encontrado os três encapuçados, na noite anterior.

Não demorou muito, ouviram passos abafados e alguém apareceu.

– Venham! – Foi só o que disse o vulto encapuçado, ao vê-los ali.

Na descida pelos degraus escarpados, Marco foi na frente com a lanterna, depois Eloís e por último o homem do manto escuro.

O encapuçado conduziu os rapazes pela brecha entre as rochas. Os três pisaram então no corredor, em terreno firme.

Marco e Eloís não puderam evitar um novo choque quando tornaram a ver a caverna, iluminada pelas tochas, com as figuras grotescas pintadas nas paredes. Num círculo fechado, silenciosos e sentados como da outra vez, a Irmandade dos Justos mais parecia um quadro da Idade Média!

Um dos estranhos monges se mexeu, rompendo a imobilidade e quebrando o encanto hipnótico que a visão produzia:

– Por que vocês voltaram aqui? – perguntou a voz do *Mestre irmão*, que os dois rapazes logo reconheceram. – Já dissemos tudo o que sabíamos.

Foi Marco quem respondeu, como ele e Eloís haviam combinado, transmitindo o que Vera havia contado Isabel horas antes...

– Ontem à noite, alguém com um hábito idêntico aos seus estava na porta lateral da igreja e escondeu a menina raptada.

Um silêncio total afogou qualquer som dentro da caverna. Após um longo minuto, o *Mestre dos Justos* falou:

– Vocês querem dizer com isso que há um traidor entre nós?

– Nos disseram que quem não está com a irmandade está contra ela – repetiu Marco.

O *Mestre* encapuçado respondeu:

– É possível que algum estranho tenha se infiltrado na caverna? Nesse caso, teria que se apossar de um de nossos mantos. São autênticos e muito antigos, só os membros da irmandade possuem um, como verdadeira relíquia. São guardados em lugares ocultos.

Do lado direito do círculo, um braço se levantou e seu dono recebeu ordem de falar:

– Eu não pude vir ontem à noite. Não encontrei meu hábito no lugar onde o escondo. De manhã, estava novamente lá.

– Isso é grave, muito grave – afirmou o *Mestre*. – Porque ontem o número de membros presentes estava completo. Alguém veio em seu lugar!

– O que quer dizer que o tempo todo que os rapazes estiveram aqui, alguém no lugar de nosso *irmão* participou da reunião e ouviu tudo o que foi dito – concluiu o *Mestre dos Justos*.

Outro encapuçado falou:

– Então não há um traidor entre nós, mas houve um intruso. Isso quer dizer que qualquer informação que os rapazes tiverem obtido com nossa ajuda já não vale mais nada! Eles vão mudar de planos e vocês dois estão em perigo. Isso sem falar na criança!

Eloís pensou rápido e respondeu:

– Nós não descobrimos nada com a dica que vocês deram. Não temos a mínima ideia do nome que a menina vai usar na adoção.

Marco sabia que isso não era verdade e imediatamente percebeu a intenção de Eloís. E confirmou as palavras do irmão.

Se havia um espião na noite anterior, era bem possível que tivesse repetido a façanha, usando o manto de qualquer outro dos vinte monges.

Eram vinte e um na realidade – pensou Eloís, olhando para o fundo da caverna. Lá estava o vulto solitário, sentado no canto escuro!

O misterioso personagem percebeu a atenção do rapaz e fez um sinal, chamando-o para junto dele. Eloís ficou confuso, em dúvida. Olhou para o *Mestre irmão* que estava bem a sua frente e tornou a fixar o estranho personagem.

Nesse momento, o solitário encapuçado levantou o rosto e num lampejo de claridade Eloís tornou a ver aqueles dois pontos luminosos. Arrepiou-se todo, ficou gelado e mudo.

O *Mestre irmão* virou-se para a silenciosa sombra, que, com um gesto, apontou para o rapaz. E Eloís recebeu ordem de ir até lá.

No fundo da caverna, o rapaz se viu frente a frente com o misterioso *irmão*. E, dessa vez, Eloís o reconheceu.

V

Marco e Eloís voltaram para o chalé, aquela noite, atordoados!

– É mesmo verdade, Eloís?

– Positivo. Eu juro que aconteceu exatamente como estou dizendo.

– Mas que incrível! – exclamou Marco.

– É segredo absoluto e nós não podemos abrir o bico até que tudo termine – preveniu Eloís.

Os dois irmãos foram dormir com aquela incrível revelação.

Parte 13

Alguma coisa saiu errada

I

Logo de manhãzinha, Pe. Leopoldo chamou o sacristão:

– Silas, alguém entrou na igreja antes de ontem à noite?

– Claro que não, padre. Depois que o senhor saiu, eu fechei tudo, como de costume.

Mas Pe. Leopoldo havia voltado à sacristia às nove da noite, para buscar seu manto, oculto num móvel antigo, atrás do sacrário. E o hábito não estava lá! Na manhã seguinte, antes da missa das seis, o velho manto apareceu novamente no lugar.

– D. Lídia levou algum paramento para lavar ultimamente? – insistiu o pároco.

– A última coisa que ela levou foi a toalha do altar, já faz uns três dias, padre.

– Obrigado, Silas. Só mais uma coisa: você emprestou as chaves da igreja a alguém, ultimamente?

O homem parou, confuso. Ia negar, mas se lembrou de algo...

– Sabe aquela promessa que o velho Aldo fez de acender uma vela todas as noites até sarar? Pois é, ele me dá sempre o dinheiro e eu ponho a vela, porque o velho é muito doente, não dá pra vir pessoalmente, não é?

– E o que tem isso a ver com as chaves da igreja, Silas?

– Na semana passada, o filho dele, aquele que trabalha na garagem, trouxe a vela quando eu já ia saindo. Daí o moço falou que eu podia ir jantar, que ele mesmo acendia a vela pro pai. E como a minha pensão fica aí na frente mesmo...

– Você entregou as chaves para o rapaz da oficina?

– É, achei que não fazia mal, não é? Eu ainda estava na mesa, quando ele me levou o chaveiro de volta.

Pe. Leopoldo pensou que não seria necessário mais de dois minutos a sós para alguém tirar o molde das chaves com qualquer tipo de massa. Mas ficou quieto. Já sabia o que queria.

Pe. Leopoldo foi para a nave da igreja. D. Lídia estava lá para a primeira missa, com as outras beatas.

Não demorou mais de cinco minutos para que ele se certificasse: D. Lídia havia descoberto um antigo hábito, num lugar bem estranho! Atrás do sacrário. O padre, por acaso, sabia disso? Devia estar lá há muito tempo e ter no mínimo duzentos anos! Um achado! E nem precisava perguntar se a mulher tinha comentado "o achado" com Deus e toda a aldeia! Então foi assim que o rapaz da garagem ficou sabendo...

II

Mais um dia se passou e o *casal Maldonado* não recebeu notícias do "pessoal da adoção". Vera começava a ser dominada pelo desespero, quando Décio tornou a ligar para o número do cartão e deixou mensagem no gravador de recados. Ao anoitecer, Toledo recebeu a informação:

– *Eles* não deram sinal de vida.

– Alguma coisa saiu errada, não é? – indagou o investigador.

Do outro lado da linha particular, a pessoa que transmitia a notícia confirmou:

– Sim. Eles mudaram os planos. Suspenderam a entrega porque descobriam que estamos na pista certa.

– O que faremos agora? – perguntou Toledo.

– Plano B, vamos entrar em ação! E de vários lados.

– Não vamos pôr essas pessoas em perigo?

– Há riscos calculados, que elas concordaram em correr. Mas temos um trunfo muito forte, você sabe qual é – lembrou a voz, do outro lado da linha.

– O "informante" está em lugar seguro? – indagou Toledo.

– Está detido e vigiado, para o próprio bem dele. Além disso, há *algo* mais, de que eles não suspeitam! – lembrou a voz.

– E quanto ao *casal Maldonado*, o que devo fazer? – perguntou Toledo.

– Não os deixe entrar em pânico. Mesmo com os planos mudados, alguém pode se comunicar com eles.

III

Marco e Eloís achavam extremamente difícil esconder das moças o incrível segredo que guardavam.

– Tuti vai *ler* a verdade na cabeça da gente, Marco. Eu não consigo pensar em outra coisa – Eloís se queixou.

– Então vamos evitar as duas o mais possível – concluiu o irmão.

De manhã, os dois foram à praia e se atrasaram propositadamente para o almoço.

– Onde estão os rapazes? – perguntou Tuti, olhando as cadeiras vazias.

– Por aí, batendo perna. Quem pode com eles? – respondeu Isabel.

Na parte da tarde, os dois irmãos foram para o centro da vila e sentaram-se num banco da praça. De repente, Marco falou:

– Eloís, olhe lá! São as moças da excursão, que alugaram o chalé de madeira!

Na esquina, elas conversaram em voz baixa e depois se separaram. Foi uma pra cada lado diferente.

– Sempre achei aquelas três com jeito muito suspeito – desabafou Marco. – A gente podia ficar de olho nelas, já que não temos nada pra fazer. Quem sabe nos dão alguma pista de onde Nina está escondida?

– Legal. Eu também não aguento mais esta falta de atividade! – reclamou Eloís.

E os dois resolveram seguir as moças.

Susana entrou na lojinha de D. Lídia, Laura foi para a farmácia e Teresa seguiu adiante.

– E agora? Somos nós dois e elas três – equacionou Marco.

– Deixa a lojinha, a farmácia promete mais. Foi Fernão que levou Jandira para a clínica suspeita. Além disso, eles lidam com drogas e Nina tem que ser mantida sempre inconsciente – deduziu Eloís.

– Certo. Eu sigo a loura e você vai atrás da moreninha...

Marco entrou na farmácia pigarreando e falando com voz apertadinha, segurando o pescoço:

– Vocês têm pastilhas pra gargantite? – perguntou rouquejando.

Augusto estava debruçado no balcão, engolindo Laura com os olhos, e não gostou nada do sapo que entrou coaxando. Fingiu que não viu e pegou as mãos da moça, melando a voz:

– Eu tenho um creme ótimo para essa aspereza – acariciou os dedos da loura. – Deixa experimentar em você, tá? Se gostar, leva.

Marco fingiu não ter pressa e ficou por ali, de olho na porta que dava para dentro. Fernão estava sentado numa escrivaninha, absorvido, aparentemente fazendo contas. O telefone tocou lá no fundo e ele foi atender...

Enquanto isso, Eloís tinha seguido a morena até a frente da casa de Elga. Chegou no exato momento em que a parteira abria a porta para a moça. Elga pareceu desconcertada, vendo os dois ali juntos.

Teresa olhou para Eloís, não sabia de onde tinha surgido o rapaz, que foi dizendo:

– Minha irmã me mandou aqui pra saber notícias de Jandira.

Teresa falou:

– Elga, posso entrar um momento? Quero falar com você.

A parteira introduziu a moça na sala e Eloís, cara de pau, se enfiou junto lá pra dentro.

As duas ficaram meio confusas com a presença do rapaz, que parecia muito à vontade e inocente. Elga quebrou o constrangimento:

– Estou fazendo um pouco de chá. Querem uma xícara?

– Eu vou ajudar você – propôs Teresa. E as duas entraram, deixando Eloís na sala.

Foi quando tocou o telefone no corredor...

Na farmácia, Augusto massageava as mãos de Laura, ignorando propositadamente Marco. Fernão entrou nesse momento e, interrompendo a paquera, falou:

– Augusto, vá entregar depressa esse remédio. Deixe que eu atendo os clientes.

Cobrou o creme da moça e deu as pastilhas a Marco, enquanto Augusto olhava o endereço do pacote e saía para a entrega. A loura se foi logo em seguida e Marco correu a tempo de ver para onde o rapaz se dirigia; era justamente a casa de Elga!

Laura ignorou Marco e seguiu para o chalé de madeira. O rapaz voltou para a praça e ficou esperando pelo irmão.

Susana ainda estava na lojinha em frente, de papo ferrado com D. Lídia.

Minutos depois, já com a praça semiescura e as luzes das casas acesas, a parteira saiu acompanhada de Teresa, levando uma maleta de enfermagem. Eloís vinha seguindo as duas. Elga entrou no carro e partiu deixando um rastro de poeira arenosa na rua sem calçamento; Eloís foi assobiando até a praça já escura e encontrou o irmão, no banco entre as árvores.

– Ponto perfeito para ficar de guarda, não é? A gente vê tudo o que se passa em volta – falou Eloís, com ar de mistério.

Marco, que conhecia os sintomas, perguntou curioso:

– Você pescou alguma coisa, não é? Fala logo, o que foi?

– Uma conversa telefônica bem interessante! – respondeu o irmão. E foi logo contando: – Alguém ligou e disse alguma coisa que deixou a parteira muito nervosa. Imediatamente depois Elga discou e ditou uma receita pelo telefone. Disse para a pessoa do outro lado que "uma das crianças estava passando mal". Tornou a telefonar para a primeira pessoa e prometeu ir imediatamente, assim que o remédio chegasse. Minutos depois tocaram a campainha e ela foi correndo atender.

– Era o Augusto da farmácia, eu estava lá quando o Fernão foi atender o telefone e depois ele mandou o empregado levar o remédio. Mas já estava embrulhado, não deu pra ver o que era.

– Pois logo em seguida Elga explicou pra Teresa – é esse o nome da moça – que um dos sobrinhos dela estava doente e que ela precisava com urgência ajudar a irmã. Elga ia servir chá pra gente, mas depois do telefonema nos botou, eu e Teresa, pra fora, tomou o carro e se mandou...

– Isso eu vi. Mas ela não podia estar dizendo a verdade?

– Quanto à irmã e os sobrinhos? Ela estava mentindo. Acontece que eu sei com quem Elga estava falando. Chamou a mulher de Cida, mas da última vez estava tão nervosa que deixou escapar... Cidônia. Esse nome não te diz nada? – Eloís perguntou.

– Meu Deus! Então ela foi pra lá, onde as crianças estão? Tem mais de uma, com certeza. Será que é Nina que está passando mal?

– Seja quem for, acho que não há dúvida de que a parteira está implicada. Ou não teria mentido, nem ficado tão nervosa. E Fernão deve saber que essas crianças existem...

– É melhor a gente se mandar, Eloís. Temos que contar isso prIsabel e pra Tuti.

Mas os dois irmãos não voltaram para casa, porque naquela hora viram algo mais acontecer...

IV

O *casal Maldonado* recebeu um telefonema antes do fim da noite. A voz conhecida se identificou – era a Irmã Lurdes, lembram-se? Pois é, eles tinham recebido a contribuição, e as negociações estavam de pé. Só que iriam demorar um pouco mais, porque aquela menina estava muito doente, não poderia seguir viagem. Mas eles teriam outra, no máximo em dois dias, saudável e linda, os Maldonado iam adorar!

Parte 14

Presos na ratoeira

I

Assim que chegou ao chalé, Teresa recebeu o recado de Toledo:

– Eles não pretendem entregar a criança, os pais estão desesperados – informou Laura.

– O que vamos fazer agora? – perguntou a moça.

– Temos que agir imediatamente. Mas Toledo precisa "da prova". É indispensável localizá-la, antes que eles possam escapar!

– Deixe comigo. Se estiver *lá*, eu encontro – respondeu Teresa.

– Tome cuidado, não se arrisque – preveniu Laura. – Basta que você a localize e volte imediatamente. Toledo já está esperando com um mandato de busca e apreensão nas mãos, caso tenhamos sucesso.

Teresa voltou para a praça, já escura.

Sentados no banco, Marco e Eloís já iam para casa, quando Eloís falou:

– Espere, Marco. Teresa voltou, veja! Está entrando na garagem de carros usados. E, pelo jeito, não deseja chamar atenção.

A moça olhou para todos os lados, não viu ninguém e deslizou para dentro. Marco e Eloís não titubearam; atravessaram a rua e foram atrás!

D. Lídia tinha acabado de fechar a loja e Susana viu quando os dois rapazes entraram na garagem. Não deu importância ao caso, foi voltando a pé para o chalé.

Só quando Laura explicou o que estava acontecendo e contou o destino de Teresa é que as duas começaram a se preocupar.

– Mas o que aqueles dois foram fazer lá dentro? Podem estragar tudo! – se apavorou Laura.

II

Marco e Eloís entraram na garagem de carros usados e se afundaram pela enorme oficina, seguindo Teresa de longe. Era um imenso galpão de teto alto, repleto de carros, peças avulsas, pilhas de caixotes e outras bugigangas.

Nessa hora, Tonho veio assobiando lá do fundo, e Teresa se abrigou imediatamente atrás de um dos inúmeros carros que estavam estacionados lá dentro. Portanto, a moça não viera para encontrar o mecânico e nem queria ser vista!

Marco e Eloís se esconderam atrás de uma pilha de caixotes, de onde avistavam todo o galpão.

Tonho correu as portas da garagem e atravessou novamente a oficina. Apagou duas pequenas lâmpadas que estavam acesas na outra extremidade e se dirigiu para a escada dos fundos. Seus passos nos degraus foram se tornando cada vez mais distantes e fracos.

Silêncio e escuridão reinavam na garagem.

Teresa saiu de seu abrigo e ligou uma lanterna de pilha. A moça foi andando por entre os carros, ignorando os que estavam descobertos, mas levantando uma a uma as capas de lona que cobriam os outros.

– O que ela está procurando, Eloís? – Marco cochichou.

Nessa hora, como em resposta, a moça descobriu um enorme carro antigo, inconfundível!

– É ele! – explodiu Eloís. – Eu reconheceria aquele carro em qualquer lugar! Mas o que ele está fazendo aqui? E o que a moça tem a ver com isso?

– Pssst! Vem gente descendo as escadas – avisou Marco. Os degraus estalavam e vinha-se aproximando o som de duas vozes.

Teresa imediatamente cobriu o carro, apagou a lanterna e mal teve tempo de correr para o outro lado da oficina, justamente onde estavam Marco e Eloís. A moça se refugiou atrás de outra pilha de caixotes, a apenas cinco metros deles. Ficou ali imóvel, como um bicho na tocaia.

Tonho entrou no galpão e acendeu as luzes do outro lado.

– Venha, temos muito trabalho – falou para o companheiro.

O outro vestia um macacão e trazia nas mãos alguma coisa, que não deu para identificar. Os dois homens seguiram direto para o carro que Teresa havia localizado minutos antes. Tonho retirou a capa e rodeou o automóvel, reparando:

– O conserto ficou ótimo! Não tem nem sinal de batida.

Depois falou, orientando o companheiro:

– Quero a pintura pronta ainda essa noite!

– Vou fazer o possível, cara! – respondeu o homem de macacão.

– Faça o impossível, Manecão. Já temos o jogo de placas pronto pra trocar e os papéis em ordem. Esse carro tem que ser levado amanhã cedo para a fronteira do Paraguai!

Os dois irmãos viram Teresa se mexer ágil e silenciosa como um gato e se enfiar por um corredor, do lado em que estavam.

– Pra onde ela foi, Eloís?

– Deve haver alguma saída por ali. Mas, afinal, o que essas três têm a ver com a coisa toda, Marco? Se fossem cúmplices do cara da garagem, Teresa não teria fugido assim!

– Acho que a gente também deve se mandar, Eloís. Vamos seguir por onde ela foi; temos que avisar alguém sobre tudo o que descobrimos hoje!

Os dois irmãos se arrastaram silenciosamente por trás dos caixotes. Já iam chegando à entrada do tal corredor, quando Marco tropeçou num cano e se estatelou no chão.

O irmão, já mais adiante, voltou para ajudar. Nessa hora as luzes todas no galpão se acenderam. E diante deles apareceu um homem alto e louro, com um enorme revólver nas mãos!

– Ora, vejam só quem está aqui! Vocês de novo, rapazinhos? Tonho, venha conhecer os dois abelhudos que visitaram o cartório!

Tonho se aproximou, enquanto os dois irmãos olhavam surpresos e arregalados para o homem que havia fotografado Marco correndo atrás de Nina, em Vila Velha.

Foi graças a Marco e Eloís que Teresa pôde alcançar a saída de emergência no fim do corredor e fugir pela viela detrás, sem ser descoberta pelos bandidos.

III

Tonho soltou um palavrão *crespo* e *cabeludo*, quando viu os dois espiões.

– O que vamos fazer com eles agora? – rosnou furioso.

– Vão sofrer um acidente, claro! Não temos muito tempo. Tire tudo lá do escritório e leve para a casa de Tássio. Deixe que eu e Manecão fazemos o "serviço sujo".

– E a pintura do carro? – perguntou o homem do macacão.

– Não é mais necessária. Vamos acabar com eles e com o carro ao mesmo tempo.

O homem agarrou o braço de Marco, Manecão arrastou Eloís.

– Entrem aí dentro, vamos! – falou o louro com voz ríspida, obrigando os rapazes a se sentarem no banco da frente do carro semipintado.

– Se piarem ou se mexerem, morrem antes da hora! Nós já eliminamos gente antes, não temos nada a perder – ameaçou.

Então, virando-se para o homem de macacão, o louro ordenou:

– Segure esse revólver, Manecão. E dê um tempo para nós sairmos com a papelada e o dinheiro.

Em seguida, o bandido pôs fogo num monte de estopa, avisando:

– Corra antes que as chamas alcancem os tambores de gasolina. Depois não vai sobrar mais nada para contar a história! – E seguiu para o corredor.

Manecão ficou ali apontando a arma para os rapazes apavorados, ainda dentro do carro que os tirara da estrada, raptara Nina e atropelara Amaro!

O homem louro e Tonho abandonaram o prédio pelo corredor do lado, trancando a única saída ainda possível, a de emergência. Já do lado de fora, Tonho falou para as paredes:

– Sinto muito, Manecão, mas você vai ter que ficar aí dentro para dar realismo à tragédia. "Por acaso encontrou dois pivetes à noite na garagem e então... quem sabe como as coisas aconteceram?"

Os dois homens se afastaram pela rua deserta e escura. Já havia fumaça e um estranho cheiro de queimado no ar...

IV

Tuti foi ligar o gás para preparar o lanche. Riscou o fósforo e, assim que acendeu o palito, deu um grito:

– Ai! Fogo!

– O que foi, Tuti? Você se queimou?

– Não, Bel. É fogo mesmo, de verdade! Eu estou *vendo* as chamas, um prédio inteiro vai se queimar.

– Onde? Como?

– Alguém... foi de propósito, Bel. Puseram fogo e há três pessoas lá dentro!

– Ah, meu Deus, onde Tuti? Concentre-se.

– É um galpão... carros, uma garagem. Bem na praça, no centro da aldeia. Está muito quente, Bel!

Tuti suava, sua testa começou a pingar. Então ela ficou apavorada, com os olhos arregalados, como se estivesse assistindo uma cena do inferno:

– Vai explodir, as chamas estão se aproximando, há tambores de gasolina lá dentro e... Marco e Eloís! Eles estão presos no prédio!

As duas correram para o carro e *voaram* para o centro da vila.

V

As chamas se alastravam, estava ficando tremendamente quente dentro do galpão da garagem. Manecão largou o revólver e correu para a porta de emergência. Marco e Eloís saíram do carro tossindo, sufocados com a fumaça que dominava o ambiente.

Segundos depois, Manecão voltou apavorado:

– Eles me traíram, trancaram a porta! Essa coisa vai explodir, e nós vamos todos morrer!

– Para onde leva aquela escada? – perguntou Marco.

– Para o escritório e os depósitos de cima. É lá que estão estocados os tambores de gasolina, nunca os deixamos aqui embaixo porque seria muito perigoso – gemeu o homem.

– Temos que subir, é nossa única chance. Corram para cima – comandou Marco, puxando Eloís pela manga.

Tropeçando, os dois irmãos, seguidos de Manecão, chegaram num instante no andar superior.

– Veja se tem alguma janela, podemos saltar. Com sorte, quebramos só uma perna – preveniu Eloís.

– Não há janelas, só vidraças com barra de ferro, não cabe um gato entre elas!

No andar de cima, os rapazes correram por todos os cômodos. O calor era infernal, a fumaça subia fazendo os olhos e a garganta arderem.

– O teto! – gritou Marco. – Tem que haver um jeito de chegar no telhado!

Manecão, que era forte como um touro, arrastou um arquivo de metal pelo corredor e, com uma cadeira, improvisou uma escada.

– Lá em cima tem um alçapão. Eu ajudo vocês, vamos!

Marco, que era menor e mais leve, subiu primeiro.

– Esse negócio aguenta – avisou.

– Dá pra saltar pra cima? – Eloís perguntou.

Manecão foi buscar uma corda, que entregou a Marco:

– Tome isso, rapaz. Amarre as vigas do telhado. Depressa, que o ar aqui está se tornando irrespirável!

Enquanto Marco saltava para o forro do teto e prendia fortemente a corda, Manecão pegou uma barra de ferro e arrebentou os vidros do corredor para o ar entrar.

Lá fora, na praça, as pessoas começavam a se juntar.

Já no teto, Marco jogou a corda para baixo. Eloís subiu agarrado nela e os dois ajudaram Manecão, que era pesado e desajeitado.

Finalmente, Marco afastou algumas telhas e os três sobreviventes estavam sobre o telhado da oficina, se arrastando na direção do beiral.

As chamas já alcançavam as janelas do segundo andar, na direção dos tambores de gasolina. Lá embaixo, a praça estava cheia.

– Como vamos sair daqui? – perguntou Manecão. – A vila não tem corpo de bombeiros, nem escadas, nem helicópteros!

Molhados de suor, Marco e Eloís só tiveram uma ideia: gritar! E berraram com todo o fôlego de seus pulmões:

– SOCOOOORRRRO!

VI

Fernão, o farmacêutico, convocara o velho Rivaldo e outros homens da vila para uma reunião com o Pe. Leopoldo, na casa paroquial. Tinha revelações importantes a fazer, mas não teve tempo. Silas chegou esbaforido:

– A garagem da praça está em chamas – avisou o sacristão.

– Como será que aconteceu? Felizmente não há ninguém lá dentro – falou Fernão. – Quando vinha para cá, eu vi Tonho e o irmão entrando na casa do Tássio, o contador. Tinham fechado mais cedo, pra preparar o imposto de renda.

Os homens todos correram para a praça, onde D. Lídia mais um bando de gente se aglomeravam.

Quando Isabel e Tuti chegaram ao centro da vila, o prédio parecia o meio do inferno!

Tonho também estava chegando e as pessoas se dirigiam a ele com palavras de solidariedade. O rapaz foi logo gritando:

– Saiam todos daqui, está cheio de gasolina lá dentro, o lugar todo vai explodir!

As pessoas se afastaram assustadas e nesse momento berros inconfundíveis vieram do telhado:

– SOCOOOOOORRRRRRO!

– Tem gente viva lá em cima! – gritou D. Lídia.

– São meus irmãos – reconheceu Isabel, em pânico.

– Como vamos tirá-los de lá? – perguntou o sacristão.

Foi o velho Rivaldo quem se lembrou:

– O caminhão de lenha! Está a duas quadras daqui.

E virou-se justamente para Tonho:

– Vá buscar depressa, rapaz. Com o guindaste podemos pegar os rapazes.

Tonho correu imediatamente pelas ruas escuras na direção da única salvação possível para os sobreviventes. Queria afastar aquele caminhão o mais possível dali, ter certeza de que as testemunhas jamais seriam salvas!

VII

No chalé de madeira, assim que Toledo chegou com mais dois carros e cinco homens – todos federais – Teresa falou:

– O carro está lá dentro da garagem, eles devem ter ateado fogo para destruir provas. Estavam tentando pintá-lo para tirar do país, mas provavelmente mudaram os planos.

– Ainda bem que você saiu a tempo, Teresa! – desabafou Laura.

Susana, de repente, teve um sobressalto:

– Ei, esperem! Eu vi os dois rapazes que alugaram o chalé vizinho à casa de Jandira entrarem na garagem! Logo depois, Tonho fechou as portas de correr.

– Eu não os vi. Quando escapei, Tonho e o mecânico ainda estavam no galpão – afirmou Teresa. – Mas o que esses rapazes estavam fazendo lá?

– O mesmo que você, provavelmente – respondeu Toledo. – Só que eles estavam agindo por conta própria, os imprudentes. Não sabiam em que estavam se metendo!

– Será que tiveram tempo de fugir? – perguntou Susana, aflita.

– Vamos pra lá, rápido – gritou Toledo. E os três carros voaram para a praça!

Parte 15

Uma corrida contra o tempo

I

Elga, ignorando tudo o que se passava na aldeia, rodava nervosa e preocupada na direção do endereço que Cidônia lhe dera. Há quanto tempo a parteira procurava descobrir o endereço das crianças! Mas só agora, numa emergência, sua irmã tinha confiado nela.

Enquanto guiava, Elga ia se lembrando dos acontecimentos das últimas semanas, desde que Amaro ficara ciente do parentesco entre ela e Cidônia e a havia procurado. Na verdade, já há algum tempo Elga sabia que sua irmã se dedicava à adoção de bebês. Mas Cidônia a convencera de que eram crianças que as mães rejeitavam e abandonavam. Como o Dr. Salgado, a parteira pensava estar apenas ajudando pobres infelizes a terem um novo lar.

Elga nunca havia encontrado a falsa Irmã Lurdes. E foi Amaro quem abriu os olhos da parteira, falando sobre a rede de contrabandistas de bebês que havia se aliado a pessoas da vila.

– Como você soube disso? – ela perguntara, ainda incrédula.

– Horácio, marido de Jandira, se envolveu com essa gente através do irmão. Eles serviam de intermediários fornecendo atestados genuínos, roubados do cartório.

– Quem está por detrás disso tudo? – perguntara Elga.

– Horácio está tentando descobrir. Ele se arrependeu do que fez, quando percebeu que esse pessoal, além de agir ilegalmente, usava métodos muito estranhos para concretizar as adoções!

Horácio tentara convencer o irmão a cooperar, mas o mensageiro estava metido naquilo até o pescoço e tinha medo dos bandidos. Era o que eles eram, autênticos bandidos!

Foi então que Horácio "desapareceu". Pediu proteção aos Federais e foi levado como principal testemunha para lugar seguro. Apenas Rivaldo e Jandira sabiam disso tudo além dela, mas não abriram o bico para protegê-lo.

O homem gordo, cunhado de Jandira, não teve a mesma sorte. Preferiu confiar nos cúmplices e foi eliminado. Elga soube que corria perigo, desde que o homem gordo fora morto e Amaro atropelado.

Seguindo pela estrada escura, a parteira falava sozinha:

– Quase morri de medo quando aquele pessoal do chalé foi me procurar! Mas não posso voltar atrás agora.

Ela tinha que deter sua irmã e esperava que Fernão – o farmacêutico – a essa hora já tivesse avisado o velho Rivaldo e Pe. Leopoldo sobre o destino dela. Havia escrito rapidamente um recado e o endereço no papel que envolvia os remédios, aos cuidados de Augusto.

– Eles precisam convocar a irmandade! Os *Justos* têm recursos para salvar essas crianças e me proteger – desabafava a parteira, enfrentando a estrada escura.

Finalmente, depois de uma pequena viagem, Elga chegou a uma velha casa localizada no Pântano do Sul. Desceu com a maleta e encontrou Cidônia já na porta, aflita:

– Venha, Elga. A menina está ardendo em febre!

– Que lugar é este, Cida? – perguntou ela.

– É uma creche. Vamos, quero te apresentar Lurdes, a pessoa que cuida de tudo por aqui.

Num quarto mal iluminado, meia dúzia de caminhas se alinhavam. Três estavam vazias. Nas outras, crianças pequenas e pálidas dormiam profundamente. Menos a última. A garotinha do canto gemia muito e chamava pela mãe. Elga podia adivinhar: era Nina!

Enquanto tomava a temperatura da criança e tentava medicá-la, uma mulher miúda e já idosa entrou falando:

– Prepare a outra garota, Cidônia. Vocês têm que partir ainda esta noite para Curitiba.

Elga ficou com as antenas ligadas, embora continuasse a tratar a menina doente.

– Mas o casal ainda está em Florianópolis... – começou a argumentar a enfermeira. Lurdes cortou com voz seca:

– Eles serão instruídos a partir com vocês. Não discuta, nossas ordens são essas.

Elga examinou o termômetro, marcava 39 graus. Havia pintinhas vermelhas por todo o corpo da criança. Ciente do que estava para acontecer, a parteira pensou rápido e tratou de agir:

– Essa garota está com sarampo! – diagnosticou. – As outras duas devem estar contaminadas. Não acho prudente viajar com nenhuma delas agora!

Lurdes ficou furiosa:

– Não podemos mudar os planos, há outras pessoas envolvidas e já não depende mais de nós. A menina que vai com Cidônia está bem.

Depois virou-se para a enfermeira, com olhar duro:

– Apresse-se, vamos!

Cidônia saiu do quarto, a mulher miúda começou a vestir a menininha da cama ao lado, que parecia desmaiada. Seus braços e a cabecinha pendiam pesadamente e ela não dava sinal de sentir os movimentos bruscos com que Lurdes a manejava.

– Assim que terminar de medicar a menina, pode ir embora – a mulher ordenou à parteira.

Cidônia apareceu na porta já pronta, com sua maleta nas mãos. Elga olhou atordoada para a irmã; ela estava irreconhecível!

Notando o espanto da parteira, Lurdes ficou mais zangada ainda. Mas, se controlando, mudou de atitude quanto a Elga:

– Pensando bem, é melhor você ficar aqui com a menina doente esta noite. Sem Cidônia, posso precisar de ajuda. Não se importa, não é?

Elga agora tinha uma pressa enorme de ir embora, mas a atitude da mulher miúda era autoritária, quase ameaçadora!

Cidônia falou, tentando explicar à irmã sua aparência estranha:

– Essa adoção é para um casal que vai sair do país, é contra a lei, por isso eu mudei meu visual...

Lurdes ficou ainda mais furiosa:

– Ora, cale a boca! O que está tentando? Nos pôr a todos na cadeia? Essa lei é absurda!

Depois, caindo em si, controlou o tom da voz:

– Vamos, me ajude a pôr a criança no banco detrás do carro. Vou telefonar ao casal para que se apronte imediatamente e espere na porta do hotel.

As duas saíram com a criança e a mala, Elga ficou só com Nina e o outro bebê adormecido. Não havia como abandonar a casa de repente, sem despeitar suspeitas – pensou a parteira –, e ela não gostaria de deixar aquelas duas crianças por nada deste mundo!

– O que vou fazer, meu Deus? E Fernão, que não age, será que não recebeu o meu recado?

A parteira estava tentando se controlar, para não entrar em pânico. Ela sabia com quem estava lidando, em sua memória estavam bem vivas a morte de Amaro e do cunhado de Jandira!

No outro cômodo, ouviu ruído de telefone e a voz de Lurdes. Falava, sem dúvida, com o tal *casal Maldonado*! Ou seria algo pior? Talvez também ela, Elga, na opinião dos bandidos, já soubesse demais...

II

Décio recebeu o telefonema da "Irmã Lurdes", avisando que os dois seriam imediatamente apanhados de carro pela acompanhante da criança.

– Vamos, Vera, arrume tudo imediatamente!

– Mas não é Nina que vão nos entregar!

– Eu sei disso. Mas Toledo ordenou que fôssemos para o aeroporto com a mulher e essa criança. Eles já têm tudo preparado para desmascarar e prender Cidônia, assim que apresentarmos nossos passaportes. Já sabem até o nome que a menina vai usar. Não tenha medo, tudo vai dar certo; a enfermeira vai falar!

O casal desceu com a mala e ficou esperando, confiante. Eles ignoravam que, em vez de ir para o aeroporto, partiriam direto para Curitiba!

III

Os três carros com os agentes federais chegaram à praça já cheia de gente. Quase toda a aldeia estava lá, olhando para a garagem em chamas!

Toledo imediatamente se aproximou de Rivaldo e do Pe. Leopoldo:

– Onde estão os rapazes? – o investigador foi perguntando.

– Lá em cima, no telhado. Só há um modo de tirá-los dali; é com o guindaste do caminhão.

– E onde está esse guindaste, afinal?

Rivaldo explicou onde ficava o caminhão e que Tonho já tinha ido buscá-lo.

– QUEM? Tonho, da garagem? – gritou Toledo.

– É, ele já deveria estar aqui...

O investigador não esperou nem mais um segundo. Entrou no carro com três companheiros e saiu cantando pneus, na direção indicada.

A duas quadras dali, Tonho deu partida, manobrou o caminhão e virou no sentido contrário ao da praça e, antes de arrancar, viu pelo espelho retrovisor um carro se aproximando rapidamente.

Desenvolveu velocidade, entrou à esquerda. O carro voou atrás, na mesma direção, buzinando.

Sem saber de quem se tratava, o rapaz resolveu ganhar tempo. Parou, saltou da cabine do veículo, já aprontando a desculpe de que o caminhão havia encrencado, quando os quatro homens saíram do carro e o investigador Toledo efetuou, ali mesmo, a primeira prisão da noite.

Um dos federais pulou no volante do caminhão e partiu à toda na direção da praça. Agora, era uma corrida contra o tempo!

IV

"Uma corrida contra o tempo", pensou Elga, quando no outro cômodo Lurdes desligou o telefone.

Ela tinha que sair dali com aquelas duas crianças, precisava de qualquer maneira dominar aquela mulher!

"Sou mais forte que ela", pensou. E olhou em volta, à procura de algum objeto pesado.

O cabo do abajur... era de bronze!

Soltou rapidamente o fio da parede, desatarraxou a lâmpada e a parte de cima saiu toda junto. Agora, ela tinha nas mãos uma arma!

Tremendo de ansiedade, Elga ficou escondida atrás da porta, à espera de Lurdes. Não demorou muito, a mulher entrou e ficou de costas para ela, olhando confusa o quarto vazio. Havia algo diferente, ela estava tentando descobrir o que era...

Agora! PLAFT!

Uma pancada certeira e forte bateu na cabeça da mulher, no instante exato em que ela tomava consciência da falta do abajur. Lurdes caiu, um corpo inerte no chão.

– Tomara que eu não a tenha matado, meu Deus!

Elga não perdeu mais tempo com sentimentalismos. Pegou Nina no colo e correu para seu carro, estacionado na porta. Colocou a garotinha no banco do lado e voltou para dentro. Repetiu o gesto com a outra criança adormecida e pôs no banco detrás. Depois entrou, deu partida e voou na direção da vila!

V

Quando o caminhão chegou à praça, guiado pelo agente Federal, foi saudado por uma verdadeira torcida de pessoas ansiosas, todas ali vivendo o drama dos meninos que esperavam no telhado do prédio em chamas.

O investigador manobrou o caminhão e se aproximou o mais possível. O calor era quase insuportável ali embaixo e a fumaça que subia atrapalhava a vista.

Geraldo, o agente improvisado em bombeiro, começou a elevar o guindaste até a altura do segundo andar. Depois, lateralmente, foi movendo o braço de ferro com o imenso gancho até o lugar onde os rapazes estavam.

O primeiro a se agarrar ao "ferro da salvação" foi Marco, menor e mais ágil, escorado pelo irmão. Pendurado no gancho, o rapaz se balançava como um boneco, enquanto o agente-motorista afastava o braço do guindaste da zona perigosa e depois o baixava cuidadosamente.

Marco pulou para o chão e correu na direção de Isabel. Abraçado à irmã, rompeu no choro, apontando para cima:

– Eloís ainda está lá...

Mas o bombeiro improvisado não perdia tempo. O caminhão já voltara novamente para o lado do prédio e o guindaste subia rápido, na direção do telhado.

Marco, Isabel e Tuti viram, como todo mundo ali, Eloís tentar agarrar em vão o gancho, que balançou, tornou a se afastar.

Um gemido geral ecoou pela praça.

Novamente Geraldo manobrou o guincho, desta vez para mais perto do beiral. O tênis de Eloís estava tão quente que a borracha ficara grudenta, como se fosse derreter! Pingando de suor, a roupa molhada e colada ao corpo, o rapaz tentou, pela segunda vez, agarrar o gancho. Mas escorregou e desceu patinando pelo beiral, soltando telhas que foram cair lá embaixo.

Isabel deu um grito e avançou, sendo detida por Fernão, o farmacêutico, que se mantinha a seu lado.

Equilibrando-se na borda do beiral, Eloís finalmente agarrou com a outra mão o gancho de ferro e passou uma das pernas pela barra do braço do guindaste, depois a outra. Sentindo-se firme, soltou a mão do beiral e grudou-se no guincho como um macaco.

Geraldo imediatamente afastou o guindaste para o outro lado e acelerou o caminhão, indo depositar o rapaz em terreno seguro.

Um UF! de alívio passou de boca em boca pela pequena multidão. Mas Eloís gritava algo aflito e gesticulava. Foi Pe. Leopoldo quem entendeu o aviso do rapaz:

– Lá em cima, tem mais um homem!

Eloís gritava, rouco, esbaforido:

– Manecão, o mecânico da garagem! Os bandidos traíram o cara e deixaram ele trancado com a gente!

Nessa hora, do lado esquerdo do prédio, uma tremenda explosão arrancou o vitrô do segundo andar e um pedaço do telhado.

– Manecão! – gritou Marco, se desprendendo de Isabel.

Foi nessa hora que Elga entrou de carro na vila, que parecia o cenário de um filme de terror. Parando do outro lado da praça, a mulher viu Fernão e correu para ele.

– As crianças, as duas estão em meu carro – avisou a parteira.

Isabel olhou espantada para a mulher, só entendeu quando Elga disse:

– Nina está no banco da frente, ela não está passando bem!

Isabel, Tuti, Fernão e a parteira correram na direção do carro.

Enquanto isso, no prédio da garagem, a figura corpulenta e cambaleante de um homem apareceu do lado direito do telhado, a parte que ainda estava inteira.

– É ele, é Manecão! Ainda está vivo, depressa! – gritou Pe. Leopoldo, e o agente federal tornou a aproximar o caminhão do prédio, agora prestes a explodir de uma vez!

A torcida foi enorme; afastadas o mais possível, as pessoas não perdiam um só movimento do guindaste, que se elevava e se movia na direção do sobrevivente.

O gancho foi-se chegando, Manecão agarrou o ferro recurvo com as mãos. Por fim, o investigador-bombeiro conseguiu afastar rapidamente o caminhão da zona de risco.

Foi na hora exata! Mais duas enormes explosões fizeram voar pelos ares o resto do telhado, e as paredes do segundo andar desabaram sobre o galpão da garagem. Com o monte de cimento e entulho, o fogo diminuiu e uma incrível poeira cobriu o lugar.

Mas não havia ninguém ferido, estavam todos salvos!

Parte 16

Epílogo

I

Isabel e Fernão telefonaram para o hotel onde estavam Vera e Décio, mas foram informados que o *casal Maldonado* havia fechado a conta e partido há meia hora.

Já dentro do carro, Décio e Vera – a moça atrás, com a menina desconhecida adormecida no colo – ficaram sabendo, apavorados, que não iam na direção do aeroporto de Florianópolis, onde todo o esquema da captura estava montado.

– Vamos direto para Curitiba, lá vocês terminarão os acertos com o comendador, nosso principal benfeitor. Enquanto descansamos no hotel, tudo será providenciado para deixarmos o país sem problemas.

– Mas e nossas passagens? – perguntou Décio, mal se contendo.

– Serão trocadas, não se aflijam. Tudo pode ser resolvido pelo comendador, ele vai nos encontrar logo cedo no hotel.

Vera sentia a cabeça rodar, Décio gostaria de esganar Cidônia (ele bem que a reconhecia), mas ainda havia Nina em poder do bando. Eles não deviam se expor, não podiam ser desmascarados antes de Toledo resolver o que fazer. Quando os Federais descobrissem que eles não tinham aparecido no aeroporto e já não estavam mais no hotel...

Décio se controlou e, virando para trás, segurou a mão gelada de Vera; sentiu que ela tremia toda!

Atenta à estrada, Cidônia não notou nada de anormal com o *casal Maldonado.*

Enquanto isso, Elga contava sua aventura para Fernão, Isabel e Tuti, reunidos na farmácia. A parteira prevenia:

– Temos que avisar Toledo, os Federais precisam tomar providências imediatamente! Cidônia está levando o casal e a criança para Curitiba. E se Lurdes acordar... sabe Deus o que pode acontecer a todos eles!

Mas Toledo já não estava mais na praça.

– A quem vamos recorrer agora? – perguntou Isabel, nervosíssima.

– Está na hora de *alguém* sair das sombras – exclamou Fernão.

II

Na casa de Tássio, o homem louro da garagem e o contador juntavam toda a papelada comprometedora sobre o comércio de adoções e o dinheiro, quando ouviram a primeira explosão.

– Pronto, está tudo terminado! – disse o louro. – Logo Tonho vai chegar e nós partimos daqui ainda esta noite.

– Tenho que estar em Curitiba amanhã cedo – lembrou Tássio. – O tal casal vai estar esperando no hotel.

– E o "comendador" vai ter que resolver esse probleminha, não é? Desagradável, essa mudança de planos – comentou o louro.

Tássio suspirou resignado.

– Temos ainda o pepino da garota com sarampo, imagine! Lurdes está furiosa! E esse pessoal do chalé não desistiu de encontrá-la!

– Lurdes dará um jeito nela e na outra criança também. Manda as duas para alguma instituição do governo, como indigentes. Nunca irão identificá-las – afirmou o irmão de Tonho, friamente.

– Você tem razão, é tempo de nós dois nos afastarmos daqui. Tonho vai receber o seguro e todos ficarão com pena de seu velho pai. Uma tragédia, o incêndio da garagem!

Duas novas explosões, ainda maiores, abalaram a noite.

– Parece que não vai sobrar nada – exclamou Tássio.

– Não acha que o Tonho está demorando muito? – perguntou o irmão.

– Pareceria suspeito se ele abandonasse o local da catástrofe, logo agora – justificou o contador. – A vila inteira deve estar lá!

– Mesmo assim, não me agrada essa demora.

Foi quando ouviram abrir a porta da frente. Estava trancada e Tonho tinha uma cópia da chave. O rapaz entrou na sala, o irmão foi logo dizendo:

– Já íamos embora sem esperar por você, Tonho.

Tássio falou, logo em seguida:

– Ouvimos daqui as explosões. Não deve ter sobrado nada, não é? O carro foi destruído, certamente.

Tonho não respondia, os olhos arregalados. A boca abriu, fechou e ele não disse nada.

– Foi tão terrível assim? Então nossos amigos, lá dentro, vão ficar irreconhecíveis!

Nessa hora entraram na sala, atrás de Tonho: o investigador Toledo e logo depois – como num final de seriado de TV – quatro outros homens, todos armados.

– Ouvimos tudo o que vocês disseram. Não precisam falar mais nada, se não quiserem. Estão todos presos, podemos deixar as confissões para depois.

O homem louro, passado o primeiro espanto, se recompôs:

– O que vocês ouviram é o que todo mundo lá fora sabe. Uma garagem pegou fogo, carros foram destruídos, havia pessoas lá dentro. Isso não nos incrimina, absolutamente!

– Sim, logo estaremos soltos e processando vocês por calúnia – completou o contador.

Mas os dois ficaram mudos de espanto, quando detrás dos quatro investigadores saiu um homem de macacão esfarrapado e todo sujo de fuligem, como se tivesse voltado do inferno.

– Manecão!

– Vocês vão pagar pelo que me fizeram – falou o mecânico, com a voz baixa e rouca. Havia um brilho enlouquecido em seu olhar e uma fúria incontrolável o dominava. – Vão pagar por cada crime que cometeram! – continuou o mecânico.

– Podem algemá-los – ordenou Toledo. – E apreendam todas essas pastas e a maleta, acho que temos aí mais do que provas suficientes! As nossas aves estavam prontas para levantar voo.

III

Em Florianópolis, Lurdes acordou numa cama de hospital, sem saber exatamente o que tinha acontecido. Chamou pela enfermeira, mas quem apareceu foi uma policial feminina, duas vezes maior do que ela!

Em Curitiba, Cidônia esperou inutilmente pelo "comendador", que não havia aparecido até o meio-dia. O telefone de Tássio não respondia e o de Lurdes tocava em vão.

Cidônia então, sem outra saída, telefonou para a casa de Elga.

– Onde você está? – perguntou a parteira.

A enfermeira deu o endereço do hotel.

– Preciso falar urgentemente com Lurdes, como você a deixou?

– Dormindo como um anjo! – respondeu a irmã, friamente.

No sofá, ainda ardendo em febre, Nina estava deitada, a seus cuidados.

– Não saia daí, Cida. Vou resolver o seu problema imediatamente – prometeu Elga.

Cidônia transmitiu ao *casal Maldonado* as "notícias apaziguadoras".

– Logo eles estarão aqui para dar uma solução ao nosso caso. Antes do fim da tarde – prometeu a enfermeira.

Foi o que aconteceu. Antes do fim da tarde, os federais chegaram ao hotel, prenderam Cidônia e libertaram o *casal Maldonado* de seu arriscado e incômodo papel teatral!

– Nina? Se ela está bem? Está com sarampo. – Foi essa a resposta do agente federal à pergunta ansiosa do casal. Era tudo o que ela tinha, depois daquele enorme susto; sarampo, como qualquer outra criança normal.

Vera e Décio foram imediatamente levados para junto da filha.

IV

Na casa paroquial, Pe. Leopoldo reunia aquela noite um grupo de pessoas muito especiais, ao lado de vários moradores da vila, entre os quais o velho Rivaldo; o farmacêutico Fernão e a mulher; Elga e Horácio, o marido de Jandira, que felizmente estava bem, fora de perigo.

Marco, Eloís, Tuti e Isabel também estavam lá, mas Vera e Décio descansavam no chalé ao lado da filha, sarapintada e febril, mas feliz.

Nina não se lembrava de nada, o que foi atribuído à mistura de drogas que havia tomado, à doença e ao choque emocional que sofrera.

Não era segredo para Marco e Eloís que a maioria das pessoas reunidas ali fazia parte da "Irmandade dos Justos". Mas ainda havia algo mais; qual, afinal, o verdadeiro motivo daquela reunião?

O pároco estava muito misterioso e embora houvesse uma mesa de salgadinhos e um bom vinho "dos mais santos", segundo o padre, ninguém tocou em nada esperando pelo *convidado especial.*

– Alguém que vocês, se já não conhecem, devem ficar conhecendo e que vai dar as palavras finais sobre todos esses acontecimentos que abalaram a vila ultimamente – explicou o padre.

Marco e Eloís, sintonizados, tiveram o mesmo pressentimento: o segredo, *aquele segredo,* agora não tinha mais razão de ser. E os dois ficaram aguardando ansiosamente que o último convidado da noite aparecesse!

De repente, de lá de dentro, ainda com um braço enfaixado e andando penosamente, apareceu nada menos que... o investigador Amaro, em pessoa! Vivinho e sorridente, os olhos claros e brilhantes faiscando de energia.

– Dei um bocado de trabalho a vocês, não foi? – ele falou, se dirigindo a Pe. Leopoldo e ao velho Rivaldo.

Virando-se para Marco e Eloís, continuou:

– Pus vocês dois em prova, passaram por maus bocados, seus imprudentes corajosos!

– Covardões, é o que nós somos – corrigiu Eloís. – Morremos de medo e levamos alguns dos maiores sustos de nossas vidas!

– Devemos muito a você também, Horácio. Mostrou a grandeza que só os que erram e se corrigem realmente têm!

Para a parteira, Amaro ainda teve uma palavra amiga:

– Você me surpreendeu, Elga. Por sua presença de espírito e luta. Descobri que esta comunidade conta com uma grande mulher!

Elga corou, constrangida.

– Você não confiava totalmente em mim, não é? – perguntou.

– Confesso que seu parentesco com Cidônia me deixou apreensivo. Mas apostei e ganhei!

Amaro sentou-se com dificuldade e prosseguiu:

– Isabel, o telefone confidencial do cartão, o que vocês usaram nas emergências, está instalado aqui mesmo, com a permissão e bondosa paciência de Pe. Leopoldo, que é ótimo anfitrião. Quanto a Fernão, foi um enfermeiro excelente e muito discreto.

Virando-se para as três moças da excursão, Amaro afirmou:

– Susana, você terá seu sobrinho de volta. Todas foram de grande ajuda nesse caso!

– Podemos contar tudo pra Vera e Décio agora, não é? – indagou Marco.

– Claro, eu quero agradecer pessoalmente àquele fabuloso casal, antes de eles partirem. Sem os *Maldonado* teria sido impossível o plano dar certo! – confirmou Amaro. – Quanto a você, Felícia, gostaria de continuar trabalhando conosco? Toledo insistiu para que a convidasse.

O rosto largo e simpático da galega brilhou de satisfação.

Pe. Leopoldo, notando o cansaço de Amaro, disse:

– Acho que é hora de abrirmos o nosso bom e santo vinho!

Recebendo seu copo cheio, Amaro brindou:

– A todos aqueles que são *irmãos entre si*, àqueles que se conservam *justos* apesar de todas as injustiças desse mundo!

V

No dia seguinte, Vera e Décio partiram com a filha para São Paulo num jato particular, cortesia do governo.

Isabel e Tuti, depois de se despedirem da família de Jandira, fecharam o chalé, entregaram a chave a Elga e puseram as coisas todas na *Quantum*. Então chamaram os rapazes:

– Marco, Eloís, onde esses dois se meteram?

Na parte detrás da casa, olhando para o bosque, a dupla guardava uma última lembrança daquele lugar, daquela estranha, terrificante e fascinante aventura.

– Está escutando alguma coisa, Eloís?

– Vozes cantando? Não, Marco. É apenas o ruído do vento de Florianópolis. Vamos, irmão, Isabel e Tuti estão esperando.

STELLA CARR

A autora nasceu no Rio de Janeiro e mudou-se para São Paulo aos quatro anos, quando começou a contar histórias para a "menina do espelho".

Aos seis, escreveu sua primeira história em papel de embrulho cor-de-rosa. Depois vieram os diários. Dezenas deles! Até que, um dia, descobriu a máquina de escrever.

Começou como poeta e letrista de Bossa Nova: três livros de poesia e trinta letras ou mais. Saldo: um prêmio Câmara Municipal de São Paulo; um Jabuti, de poesia; uma classificação no Festival da TV Record, em 1966 – muita badalação e público nenhum.

Cursou Antropologia e Pré-história na USP, e o que seria sua tese virou um romance: *O homem do sambaqui*, publicado em 1974. Então, em 1976, para atender à classe de seus filhos – na época, uma 5.ª série –, ela escreveu "ao vivo", capítulo por capítulo, em laboratório, seu primeiro livro juvenil. No ano seguinte ele foi publicado: *O caso da estranha fotografia*, que já vendeu mais de um milhão de exemplares até hoje.

Assim, quase por acaso, nasceu Stella Carr, autora infantil e juvenil, com cerca de cinquenta livros publicados, mais de cinco milhões de livros vendidos em todo o Brasil.

Faleceu em São Paulo, em 2008.